HEYNE‹

W0086865

Hellmuth Karasek

Frauen sind auch nur Männer

Glossen

WILHELM HEYNE VERLAG
MÜNCHEN

Die Glossen von Hellmuth Karasek erscheinen
jeden Sonnabend im *Hamburger Abendblatt*
und am Sonntag in der *Berliner Morgenpost*.

Verlagsgruppe Random House FSC® N001967
Das für dieses Buch verwendete FSC®-zertifizierte Papier
Salzer Alpin liefert Salzer Papier, St. Pölten, Austria.

Vollständige Taschenbuchausgabe 07/2015
Copyright © 2013 by Hoffmann und Campe Verlag, Hamburg
Copyright © 2015 dieser Ausgabe
by Wilhelm Heyne Verlag, München,
in der Verlagsgruppe Random House GmbH
Printed in Germany 2015
Umschlaggestaltung: Nele Schütz Design, München
Umschlagillustration: © Monika Aichele
Druck und Bindung: GGP Media GmbH, Pößneck
ISBN: 978-3-453-41824-0

www.heyne.de

Inhalt

Rechenwärmer kriechen

Normalerweise reden wir, »wie uns der Schnabel gewachsen ist«, wir nehmen dabei »kein Blatt vor den Mund« – während wir offiziell bei Feiern, Reden, Ansprachen »nach der Schrift« reden, sogenanntes »Schriftdeutsch«. Manchmal heißt es auch, dass wir »wie gedruckt« lügen.

Jetzt geht's einmal nicht »hochdeutsch« zu, also recht schreiberisch rechthaberisch, nicht dudenmäßig, sondern phonetisch, gebabbelt, genuschelt, gequatscht, gesabbert. Wie der Volksmund spricht.

Die folgende Geschichte sollte am besten laut gelesen werden, mit allen Tücken und Weichheiten der sächsischen Sprache: Da bestellte eine Frau telefonisch ein Flugticket von Leipzig nach Porto. Und bekam ein Ticket nach Bordeaux. Bordeaux in Südfrankreich, Porto in Portugal. Oder war's umgekehrt, sie wollte nach Bordeaux und bekam eins nach Porto? Ist ja egal, gehupft wie gesprungen, denn offenbar sprach sie Bordeaux oder Porto gleich aus, als Bordo, eben sächsisch. Und da saß sie nun mit ihrem falschen »Ticket«, respektive »Digged«, und bekam es nicht getauscht. Ein Schicksal aus Sachsen, wo harte Männer im Liebesrausch schon mal stöhnen: »Gib mir wilde Diernamen, nenn misch Buma!« Auf Hochdeutsch: Puma.

In Sachsen hat der Satz »Rechenwärmer kriechen« zweierlei Bedeutung. Er kann biologisch sein: »Regenwürmer kriechen«. Oder meteorologisch: »Regen werden wir kriegen.« Je nachdem. Ähnlich beinlos weichtierhaft wie in der sächsischen Artikulation geht es nur noch im Hessischen zu, wo Goethe im »Faust« »Ach neige, du Schmerzensreiche« dichtet: »Ach neiche«, sagt Gretschen im Gebet. Damit es sich auf die »schmerzensreiche« Himmelskönigin reime. Oder Goethes berühmte letzte Worte: »Mehr Licht!«, soll der Olympier gesagt haben. Aber sagen wollte er: »Mer licht hier schlescht.« Man liegt hier schlecht; da fuhr ihm der Tod in die Parade.

Auch der »Struwwelpeter«-Autor Dr. Heinrich Hoffmann babbelte eindeutig hessisch weich und dichtete über den fliegenden Robert: »Hui, wie pfeift der Sturm und keucht – dass der Baum sich niederbeugt.« Was sich auf Hessisch tatsächlich reimt.

In Sachsen gibt es die Geschichte vom Zoologie-Professor, der angeblich alle Studenten nur über Würmer examinierte. Also lernten sie nur über diese Griechdiere. Er fragt den Ersten, oh, Schreck!, überraschend nach den Elefanten. Der sagt: »Der Elefant ist groß und hat einen Rüssel. Der Rüssel ist wie ein Wurm. Die Würmer zerfallen in die Faden-, Band- und Spulwürmer …«, und dann rasselt und kellerasselt es nur so. Den Zweiten fragt er nach den Löwen. Der antwortet erschrocken: »Der Löwe lebt in Afrika. In Afrika ist es wärmer. Die Wärmer zerfallen in die Faden-, Band- und Spulwärmer …«

So kommt es, dass man in Sachsen statt nach Bordeaux nach Porto fliegt. In beiden Orten ist es jedenfalls wärmer.

Manches Gesprochene, besonders in Sachsen, lässt sich nur schwer geschrieben wiedergeben. Dabei hat doch Luther, der die Sächsische Kanzleisprache ebenso beherrschte wie die der Eislebener Gegend, die Bibel, also die »Heilige Schrift«, auf der Wartburg ins Deutsche übersetzt, und dabei, wie er sagt, »dem Volk aufs Maul geschaut« und so unsere hochdeutsche Sprache geschaffen.

Armani-Schnäppchen an der Autobahn

Bauernfängertricks mit unwiderstehlichen
Angeboten – und wie »Mario, der Kellner« einmal
dreißig Euro geschenkt bekam.

»Autobahn-Gold« lautete die Überschrift des Artikels, und er handelte von ausländischen Banden, meist Kosovaren, die mit einem Bauernfängertrick andere parkende Autofahrer reinlegten. Sie gaben vor, ihre Kreditkarten verloren zu haben, sodass sie nicht tanken konnten, und boten Hilfsbereiten ein scheinbar unwiderstehliches Schnäppchen an: Goldschmuck, den sie in ihrer Not den Helfenden als übergroßen Gegenwert überlassen wollten.

Sie appellierten also mehr an den Schnäppchen-Instinkt als an den Willen zu helfen; indem sie Leute schamlos übers Ohr hauten, gaben sie denen das Gefühl, sie übers Ohr zu hauen. Statt falschem Gold boten sie auch Armani-Jacken, billige – Fälschungen natürlich.

Dazu kann ich eine Stadtvariante beitragen, als Fußgänger, die mir heute noch die Schamröte über meine Dummheit, Feigheit und Eitelkeit ins Gesicht treibt. Sei's drum!

Ich kam vom Sport, um die Mittagszeit, als mich auf dem Weg zur U-Bahn ein parkender Autofahrer in einem blitzblanken BMW-Kombi zu erkennen schien, aus dem Auto sprang und mich herzlich wie einen verlorenen Freund begrüßte: »Professore! Dottore! Karasek! Erinnern Sie sich an mich? Ich bin Mario! Der Ober aus dem Restaurant, wo Sie immer gegessen haben.«

Ich erinnerte mich weder an ihn noch an das Restaurant, sagte aber: »Ah ja! Natürlich!« Er wollte mir etwas schenken. Dann zeigte er mir eine elegante Lederjacke. Und noch eine. Aus Dankbarkeit! Da sei aber noch eine Kleinigkeit. Seine Frau und er hätten sich selbstständig gemacht, in Venedig, ich solle sie in ihrem Restaurant besuchen. Jetzt habe er leider seine Kreditkarten verloren und müsse tanken. Ich hatte dreißig Euro bei mir, die ich ihm anbot. Mario schüttelte den Kopf. »Mit dreißig Euro bis Venedig!«

Dann ließ ich mich überreden, von zu Hause meine Scheckkarte zu holen, um ihm zweihundert Euro zu besorgen. Er kutschierte mich zur Bank. Erst im Kassenraum wurde ich misstrauisch. Dachte, dass er ein Hehler eines Einbruchs bei Armani sein könnte. Ich ging raus und sagte, mein Konto sei offenbar nicht in Ordnung. Außerdem wolle ich seine Geschenke nicht. Er fuhr eilig weg. Mit nur dreißig Euro. Ich kam mir wie ein Idiot vor, dem es recht geschieht. Später erfuhr ich von italienischen Obern, die ich wirklich kannte, in Lokalen, in denen ich wirklich öfter aß, dass »Mario« diesen Trick schon öfter praktiziert hatte.

Von einem goldenen Ring, der aus Messing war, kann ich ein andermal erzählen.

Erben und erben lassen

Joop, Bismarck, Neven DuMont – überall Krach
in deutschen Dynastien. Und Shakespeare hat alles
schon früh geahnt.

Als Shakespeare-Student in den fünfziger Jahren hatte ich
neben Professoren, die Shakespeares Dramen tiefschichtig
und weitschweifig interpretieren konnten, einen hand-
festen englischen Lektor, der die Inhalte der Dramen des
Größten zu kurzen und beherzigenswerten Lebensweis-
heiten verknappte; Sprichwörter des gesunden Menschen-
verstands.

Also etwa »Romeo und Julia«: »Heirate nicht zu jung!«
Oder »Hamlet«: »Denk nicht zu viel nach!« Oder »Othel-
lo«: »Heirate keinen Gastarbeiter!« »König Lear« hieß:
»Guck dir deine Erben genau an!« und »Vererbe nichts zu
Lebzeiten!«.

Wie wahr! »König Lear« wird zurzeit in vielen betuchten
und edlen Dynastien gespielt. Bis zu dem dem Stück inne-
wohnenden Wahnsinn am Ende. Bei Joops zum Beispiel.
Wo Tochter Jette, dem Muster der bösen Lear-Tochter
Goneril folgend, dem Vater die Schlösser auswechselte, auf
dass er vor verschlossenen Türen stünde und dem Wahnsinn verfalle. Verkaufte er deshalb all seine Möbel, und
wird er künftig auf der Heide vor Potsdam umherirren?

Nehmen wir die Bismarcks, die Familie des Reichs-
gründers und Eisernen Kanzlers, der nebenbei noch den
Bismarck-Hering, die Bismarck-Quelle und den Bismarck-
Korn in die Welt gesetzt hat. Da tobt ein Erbfolgekrieg, wobei der nach Amerika verbannte Sohn Carl und die eigene

Mutter so sehr aneinandergeraten sein sollen, dass die gerufene Polizei wieder für Ruhe in Friedrichsruh sorgen musste.

Der »Hamlet« unter den Erben ist zweifelsohne Konstantin aus dem Hause Neven DuMont, Erbe einer Kölner Verlagsdynastie, der sich vor der Welt unter dem Namen (so steht es am Klingelschild) »K. Mustermann« verschanzte und der sich in Blogs eines Medienjournalisten »Kopf Schüttel«, »Schlauberger«, »Hans Wurrst« oder »Das wird man wohl noch sagen dürfen« nannte.

»Ist es auch Wahnsinn, hat es doch Methode«, möchte man da Shakespeare zitieren. Konstantin Neven DuMonts greiser 83-jähriger Vater, schlauer als Lear, kehrte vom Altenteil zurück und warf den Sohn aus sämtlichen Zeitungsbetrieben. In vieren allein war Konstantin Herausgeber.

Nun klagt der Sohn in einem ergreifenden Monolog: »Warum ist das so in diesem Land, dass man keine Schwäche zeigen darf, ohne dass man gleich abrasiert wird?«

Nach dem Motto: »Etwas ist faul im Staate Dänemark!« Er aber hat nicht zur Flinte gegriffen, sondern dieselbe ins Korn geworfen.

Auf Weihnachtsreise mit Mozart

Aus gegebenem Anlass eine Erinnerung an alte Zeiten: »Kein warmes Zimmer, verfrieren wie ein Hund, alles, was ich nur berühre, ist Eys.«

Das Folgende erzähle ich zum Trost und von wegen der guten alten Zeit: Am 24. Dezember 1762 bestieg die Familie Mozart, mit den beiden Wunderkindern Nannerl und Wolfgang, in Preßburg die Postkutsche, um nach Wien zu reisen – und brauchte für die etwa siebzig Kilometer zwölf Stunden, also sechs Kilometer pro Stunde!

Das lag am furchtbaren Zustand der Straßen. Fürs Übernachten in den primitiven Wirtshäusern mussten die Reisenden ihre Betten mitbringen. Unfälle und Räuber drohten auf der Strecke, vor jeder Fahrt machte man wohlweislich sein Testament. Mit sieben Jahren, man schrieb das Jahr 1763, fuhr der kleine Wolfgang mit Schwester und Eltern von Salzburg nach München. Am ersten Reisetag brach ein Rad, das man nur durch ein geborgtes kleineres ersetzen konnte. Der Vater und der Diener, Sebastian Winter, legten die fünfundsechzig Kilometer bis Wasserburg zu Fuß zurück, um die windschiefe Kutsche zu schonen. Wolfgang Amadeus stützte sich, um den wunden Po zu schonen, während der Fahrt auf beide Hände, mit denen er anschließend musikalische Wunder zu vollbringen hatte.

Im Dezember 1769 überquerten die Mozarts den Brenner für eine Florenzreise. Vater Leopold schrieb nach Hause: »Kein warmes Zimmer, verfrieren wie ein Hund, alles, was ich nur berühre, ist Eys!« »Eys« schrieb sich das Eis in der angeblich so guten alten Zeit. Mozarts Gesicht und Hände waren so gerötet von der Kälte und von den Feuerstellen, denen er sich auf der Suche nach etwas Wärme zu sehr genähert hatte, dass er sie allabendlich mit einer Salbe einrieb, die ihm eine mildtätige Mantuanerin geschenkt hatte.

Mozart musste reisen, um als Wunderkind seine Familie zu ernähren und Fürsten und Bischöfe mit seinem Klavierspiel zu ergötzen. Das Wasser in den frostigen Herbergen war übrigens so dreckig (heute würden wir sagen: kontaminiert), dass es nur mit Wein zu genießen war, krank wurde man trotzdem meistens.

Wer das liest, verzeiht der Bahn gerne, dass sie wegen ein paar verwehter Weichen vom Reisen abrät. Sie hat ja so recht! Und auch fliegen ist ja nicht schöner, wenn es stürmt, blitzeist und schneit.

Ich denke, wer kein Wunderkind ist, sollte es mit Ringelnatz und seinem Ameisenpaar halten: »In Hamburg lebten zwei Ameisen, / die wollten nach Australien reisen. / Bei Altona auf der Chaussee, / da taten ihnen die Beine weh. / Und da verzichteten sie weise / auf den letzten Teil der Reise.« Und Ringelnatzens Quintessenz: »So will man oft und kann doch nicht / und leistet dann recht gern Verzicht.«

Die guten schlechten Zeiten

Vergangene Jahre sind wie alte Handschuhe –
zum Wegwerfen eigentlich zu schade

3. Januar 2011

Kaum ist das alte Jahr vorbei, da wünschen sich die Menschen schon ein neues. Rücksichtslos, pietätlos. Statt das alte Jahr zu behalten, in die Reinigung zu bringen oder in die Änderungsschneiderei, zum Kunststopfen nicht nur der Finanzlöcher, böllern sie sich ein neues Jahr herbei, als ob sie nicht wüssten, dass es bestimmt nicht besser als das alte ist, sondern von einem gewissen Alter (für Männer ab achtundzwanzig, für Frauen ab neunundzwanzig) nur noch abwärtsgeht.

Jedes neue Jahr wird schlechter als das alte, bestenfalls nimmt man an Gewicht zu, was man an Intelligenz einbüßt, und gewinnt an Lebensweisheit, was man an Lebensfreude verliert. Dabei wäre es doch schön, dem alten Jahr nachzuhängen und es zu bewahren. Vielleicht geht der hartnäckige Fleck von der Weihnachtsgans aus der Krawatte raus. Vielleicht wird aus Westerwelle, wenn wir ihn zum Änderungsschneider bringen, doch noch ein beliebter Außenminister.

Denn Westerwelle hatte offensichtlich Kleidersorgen, als er ex officio in die Türkei reiste und zur Sicherheit erklärte: »Ich bin hier nicht als Tourist in kurzen Hosen unterwegs, sondern als deutscher Außenminister. Das, was ich sage, zählt.« Inzwischen ist die Zahl drei Prozent das Einzige, was er zählen muss, und gezählt sind seine Tage im Amt. Und die FDP versucht ihn gern und vergeblich zu entsorgen wie Berlusconi den Müll von Neapel.

Alle wollen das Alte wegwerfen, als wäre es ein Dreck. Da mir in diesem Jahr und im letzten aus gegebenem Anlass immer Ringelnatz eingefallen ist, will ich das neue Jahr mit einer Warnung vor dem Wegwerfen des Alten beginnen. Ringelnatz hat bekanntlich, ebenso wie Schiller, eine Ballade vom Handschuh und vom Wegwerfen desselben geschrieben. »Als ich den einen verlor, / Da warf ich den andern ins Feuer / Und kam mir wie ein Verarmter vor. / Schweinslederne sind so teuer. // Als ich den ersten wiederfand: / Shake hands, du ledernes Luder! / Dein eingeäscherter Bruder / Und du und ich –: im Dreiverband, / Da waren wir reich und mächtig, / Jetzt sind wir niederträchtig.«

Ich habe in den vergangenen Jahrzehnten von Ringelnatz leider nichts gelernt. Verbrannte Erde! Verbrannte Handschuhe! Jetzt stehe ich da mit einer Kollektion diverser rechter und linker, verschieden aussehender, verschiedenfarbiger Handschuhe, teils aus Wild-, teils aus Schweinsleder, und komme mir vor wie ein einarmiger Bandit. Alles Gute!

Das Schweigen der Wahl-Lämmer

Den Liberalismus in seinem Lauf halten weder
Trittin noch Gysi auf. Oder: Wie die FDP ihr Problem
zum Tabu macht

8. Januar 2011

Ich habe mir, von Berufs wegen und auch sonst, den Drei-
königstag der Freien Demokraten in Stuttgart live im Fernsehen zugeführt – was tut man nicht alles, wenn man auf
der Suche nach einer Glosse ist?

Ich will hier jetzt nicht den Redestil von Herrn Westerwelle mit dem von seinem Generalsekretär Christian Lind-
ner vergleichen und wer besser war und tosenderen Beifall
bekommen hat. Ich gebe zu, dass ich mich über die voraus-
eilende Überschrift in der »FAZ« gefreut habe, die da hieß:
»Westerwelle in der entscheidenden Phrase«, und so habe
ich geduldig zugehört. Und es wurde ja auch viel Kluges,
Beherzigenswertes und Vernünftiges gesagt, so wenn beispielsweise der Stuttgarter Spitzenkandidat Ulrich Goll in
einer Spitze gegen die Grünen sagte, sie wollten ihre Wähler mitnehmen, und fragte: »Hätten Sie es gern, wenn Ihr
Kind auf der Straße mitgenommen würde« – womöglich
von einem fremden Mitschnacker?

Und mir ist dann auch noch das ebenso grüne Wort
eingefallen, man wolle die Wähler »abholen«, wobei mir
als altem Mann bei den Begriffen »abholen« und »mitnehmen« immer eher die Gestapo oder die Stasi einfallen,
die einen bei Nacht und Nebel mitgenommen oder abge-
holt haben. Sei's drum. Vor Claudia Roth hätte ich auch um
Mitternacht keine Angst, wenn sie als rotblonder Leucht-
turm auftauchte, um mich zu einer Diskussion abzuholen.

Nein. Mir ist, als ich Westerwelle und Co. lauschte, einmal ein Sprichwort eingefallen, und das heißt: »Im Haus des Gehenkten spricht man nicht vom Strick.« Und zweitens ein Interview-Ausspruch von Kubicki, den in einem »Spiegel«-Gespräch der Zustand der FDP um die Weihnachtszeit an das Ende der DDR erinnerte. Sie erinnern sich? »Den Sozialismus in seinem Lauf halten weder Ochs noch Esel auf.« Jetzt: Den Liberalismus in seinem Lauf halten weder Trittin noch Gysi auf. Obwohl wir wochenlang mit dem Dilemma konfrontiert sind, dass die FDP um die vier Prozent dahinsiecht, und das ausdrücklich wegen Westerwelle.

Die Umfragekurven sehen aus wie aus einer Arztserie (»Dr. House« etwa), wo nach heftigem Auf-und-ab-Schwingen die Linie endgültig lang am Boden flach dahinläuft. Exitus, denken die Ärzte, und der Chefarzt versucht sich zur Mund-zu-Mund-Beatmung mit seiner Assistentin zu retten, weil der Patient ohnehin schon tot ist. Lange Rede, kurzer Sinn: Nicht einmal Thema der Rede war dieses Alarmsignal. Nicht einmal auch nur andeutungsweise, dass der Vorsitzende das Problem der Partei sein könne. Es war der perfekte Double-Speech, ohne dass ein Gorbatschow dazwischenrief: »Wer zu spät kommt, den bestraft das Leben.«

Auf nach Kötzschenbroda

»Ist hier noch Platz in diesem Zug?«
Eine vielbesungene Expressfahrt ins sächsische
Posemuckel und die Bahnprobleme von heute

Über den spektakulären Mauersprung Udo Lindenbergs gibt es jetzt ein Musical. Fast wäre die Reise nach Ostberlin im Jahr '83 geplatzt, weil Lindenberg vorher den »Sonderzug nach Pankow« geschrieben und gesungen hat, in dem er Honecker als »Honi« besingt. Die Melodie geht auf den Glenn-Miller-Titel »Chattanooga Choo Choo« aus den vierziger Jahren zurück, allerdings vermute ich – und bin mir dabei ziemlich sicher –, dass Lindenberg sein Lied dem Kötzschenbroda-Express als aktuelle DDR-Version nachempfunden hat. Der »Kötzschenbroda-Express« ist von 1947 und geht so: »›Verzeihn Sie, mein Herr, fährt dieser Zug nach Kötzschenbroda?‹/›Er schafft's vielleicht, wenn's mit der Kohle noch reicht.‹/›Ist hier noch Platz in diesem Zug nach Kötzschenbroda?‹/›Das ist nicht schwer, wer nicht mehr stehn kann, liegt quer.‹/Ja, für Geübte ist das Reisen heute gar kein Problem./Auf dem Puffer oder Trittbrett steht man bequem./Und dich trifft kein Fußtritt, fährst du auf dem Dach mit./Obendrein bekommst du dort noch frische Luft mit!/Morgens fährt der Zug an Papestraße vorbei,/Mittags ist die Fahrt nach Halensee noch nicht frei./Nachts in Wusterhausen lässt du dich entlausen/und verlierst die Koffer auch noch leider dabei./So fährt man heut von Groß-Berlin nach Kötzschenbroda/Und dann und wann kommt man auch wirklich dort an./Nun stehn wir da, der schöne Traum vom Reisen ist jetzt aus. / Glück auf nach Kötzschenbroda – aber ich bleib zu Haus.«

Kötzschenbroda ist eine Kleinstadt in der Nähe von Dresden, also eine Art sächsisches »Hinterposemuckel«, das schon Fontane und Tucholsky als Name eines tiefsten Provinznestes reizte. Hinzu kommt, dass es in sächsischer Aussprache »Götschenprodö«, also mit weichem k und hartem b, gesprochen wird und da doch sehr possierlich klingt. Kötzschenbroda lag in der Ostzone. In Kötzschenbroda hat Karl May gelebt, die Stadt wurde mit Radebeul vereint, und in Radebeul ist das Karl-May-Museum. Gut möglich, dass Udo Lindenberg »Honi« wegen dieses Karl-May-Bezugs in seinem Pankow-Lied als »Oberindianer« bezeichnet hat.

Mich frappiert aber mehr, dass das Lied heutige Bahnverhältnisse geradezu perfekt widerspiegelt. Es erinnert mich an heute, besonders was die S-Bahn-Strecke in Berlin anlangt, für die Bully Buhlan (damals der deutsche Sinatra meiner Kindheit) einen Tag gebraucht hat. Damals waren die Feinde des Bahnverkehrs die Kriegsverwüstungen, die Zerstörungen und Demontage der Gleise, der kaputte Maschinenpark und die Besatzungszeit, Strommangel und Energieausfall. Die Leute hingen sich an Züge, um zum Ährenstoppeln oder Kohlenklauen das Nötigste zu besorgen.

Heute sind die Volksfeinde, die von der Deutschen Bahn benannt werden, vier, nämlich: Frühling, Sommer, Herbst und Winter. Der innere Feind sitzt im Management und in der Politik und hat wegen des Börsengangs die Bahn so gut wie kaputt gespart. Bessere Argumente für eine Kapitalismus-Kritik können auch der Vorsitzenden der Linkspartei Gesine Lötzsch nicht einfallen. Statt Planwirtschaft Fahrplanwirtschaft.

Heute ist ganz Berlin Kötzschenbroda, jedenfalls ebenso abenteuerlich zu erreichen. Wer es sich leisten kann, singt: Glück auf nach Kötzschenbroda, ich bleib lieber zu Haus.

Das Raubtier in mir

Jetzt stehen wir Fleischfresser wieder am Pranger,
seit man Dioxin in Hühnereiern, Putenschnitzeln und
Schweinefüßen aufgespürt hat

22. Januar 2011

Jetzt sitzen wir wieder auf der Anklage-, um nicht zu sagen Schlachtbank, weil wir Raubtiere mit Messer und Gabel sind, die die Profitgier der Massentierhaltung und der Futtermittel-Mafia in Schwung halten.

Bald werden wir gejagt werden wie aufgescheuchte freilaufende Hühner. Nach den Rauchern geht es uns an den Kragen. Die Vegetarier aller Länder vereinen sich gegen uns, manchmal geraten wir sogar ins Pfeil-und-Bogen-Visier der Veganer, die Erdbeeren nur essen, wenn sie ihnen überreif von den Bäumen ins Maul fallen. Bloß nicht schütteln oder dran rühren!

Ich muss ein Geständnis aus der guten alten Zeit ablegen. Vor Jahrzehnten war ich in der Vorosterzeit in Zürich im Italienerviertel und aß in einem kleinen italienischen Lokal frisches Pyrenäen-Zickleinfleisch. Goldgelb gebraten von einer Wirtin, die eine richtige italienische Mama war. Die armen unschuldigen Tiere mundeten mir vorzüglich. Außen kross und innen zart schmeckten sie nach Stall, das talgige Fett klebte sich wohlig an Gaumen und Lippen. Zurückgereist nach Hamburg, hatte ich nur eine Sehnsucht: Zicklein, ohne Rücksicht darauf, dass die zarten Tiere schon in Grimms Märchen (»Der Wolf und die sieben Geißlein«) sozusagen den Zusammenhang tierischer Unschuld und wölfischer Raubgier darstellten.

Ich ging also in meine Fleischerei oder Schlachterei

(in Österreich auch martialisch »Fleischhauerei«), in das vorösterliche Gedränge der Kunden, die schlimmstenfalls Lamm bestellten, und fragte laut: »Haben Sie Zicklein?«

In dem Moment hätte man in dem Laden eine Stecknadel fallen hören können. Alle starrten mich an, als wäre ich der gesuchte Täter aus dem vortäglichen »Aktenzeichen XY … ungelöst«. Ich besorgte mir das Zicklein vom Münchner Viktualienmarkt und flog es heimlich in den Norden, nach Hamburg. Im Jahr darauf war ich gewitzter. Ich ging in die Fleischerei wie ein heimlicher Drogendealer und fragte hinter vorgehaltener Hand: »Können Sie mir diesmal Zicklein bestellen?« Das Wort »Zicklein« sprach ich so leise wie andere das Wort »Pornoheft« im Zeitungsladen.

Was soll ich sagen: Meiner Familie schmeckte das »pappige Fett« (Zitat meiner Frau) überhaupt nicht, und ich blieb auf meinem Braten sitzen.

Nächste Woche möchte ich berichten, wie ich mir zur Zeit des Rinderwahnsinns Markknochen aus Italien einschmuggelte; dabei möchte ich die Frage stellen, ob Vegetarier wirklich die besseren Menschen sind.

Auch Hitler aß gefüllte Täubchen

Von einem denkwürdigen Bollito misto in Zürich
und der Frage, ob Vegetarier oder Fleischesser die
besseren Menschen sind

Wie versprochen, hier der Markknochen. Er fiel dem Rinderwahn zum Opfer, nachdem in England bei Rindfleischessern angeblich Fälle des Creutzfeldt-Jakob-Syndroms auftauchten. Nun begann ein Wüten und Hauen und Stechen gegen die Paarhufer, Wiederkäuer und Hornviecher.

Ich selbst hatte das Vergnügen, an einer der Fernsehdebatten bei Sabine Christiansen teilzunehmen, und als ich am nächsten Mittag gedankenverloren im Borchardt ein T-Bone-Steak bestellte und das Blut aus dem saftigen Fleisch über meinen Teller floss, guckten mich vom Nebentisch zwei Damen mit einer Mischung aus Ekel und Bewunderung an. So muss ein Jagdflieger des Zweiten Weltkriegs während der mörderischen Luftschlachten angehimmelt worden sein. Der Zufall wollte es, dass ich die Woche drauf nach Zürich musste, wo es in der Kronenhalle an einem bestimmten Wochentag das berühmte Bollito misto vom Wagen gab, also gemischtes Siedfleisch, das sich aus folgenden Bestandteilen zusammensetzt (empfindsame Gemüter bitte weglesen!): Rindsschulter respektive Tafelspitz, Kalbszunge, Kalbsbacke, gefüllter Schweinsfuß, Zampone genannt, Cotechino-Würste, Markknochen und Poularde. Alles in einer herrlichen Brühe gar geköchelt, wozu dann Meerrettich und grüne Soße gereicht werden, dazu (hier können alle wieder mitlesen!) wunderbare

Möhren, Sellerie und anderes Suppengemüse, das der Brühe eine schwach vegetarische Note verleiht.

Ich kam also aus dem Norden, sah mein Lieblingsgericht auf der Speisekarte, und ohne mit der Wimper zu zucken, servierte mir der Ober vom Wagen auch herrliche Markknochen. In einem Lokal, in dem Dürrenmatt, Frisch und Bondy gespeist hatten, und das zu einer Zeit, als aus deutschen Fleischtheken in Kaufhäusern nicht nur das Rindfleisch, sondern vor allem die Knochen und die besonders gefährlichen Markknochen entfernt waren. Ich dachte mit einer gewissen Logik (aber vielleicht war ich, ohne dass ich es wusste, in Wahrheit schon längst vom Rinderwahn befallen): Die Schweizer, vor allem in Zürich und im renommiertesten Lokal der Stadt, die achten doch auf ihre Gesundheit. Hat die Schweiz nicht das Bircher Müsli erfunden? Und die Toblerone? Na also! Da ich damals öfter nach Zürich musste, habe ich im Unterschied zu meinen Landsleuten im tapferen Selbstversuch als Ich-AG in Serie Markknochen gegessen.

Ich wollte als Totschlagargument gegen den Vegetarismus (letzte Woche angekündigt) Hitler anführen, der Vegetarier war. Aber »Spiegel TV« hat mir das Thema zerstört. Hitler aß neben Apfelstrudel und Graupensuppe auch gefüllte Täubchen und Schweinswürste. Vegetarier war er nur zeitweise, wegen seiner Blähungen. Seither weiß ich: Auch wir Fleischesser sind keine besseren Menschen als Karen Duve.

Das Volk, zerreißend seine Kette

Und jetzt Ägypten. Was uns die Weltgeschichte
über das Ende von Revolutionen lehrt.
Ein Blick zurück im Zorn

Revolutionen gelten in der Historie als Purgatorien: reinigende Fegefeuer der Weltgeschichte. Sie sprengen altes, erstarrtes Unrecht in einer gewaltigen Explosion aus Blut und Pulverdampf hinweg, sie brechen verkrustete soziale Strukturen auf, sie schaffen, wenn auch blutig, Bahn für das Neue: »Durch Nacht zum Licht« oder, wie es Marx und Engels im »Kommunistischen Manifest« für die Entrechteten, Enterbten und Unterdrückten als Schicht und Klasse formuliert haben: »Ihr habt nichts zu verlieren als eure Ketten.« Mit Schillers Worten: »Das Volk, zerreißend seine Kette, zur Eigenhilfe schrecklich greift!« Delacroix' berühmt-pathetisches Bild »Die Freiheit führt das Volk an« ist das Bild der Revolution schlechthin: Marianne mit entblößter Brust und gereckter Trikolore sich aus einem Berg von Leichen erhebend.

Erleben wir jetzt eine solche Befreiung? Und können wir ihr leuchtenden Auges sogar bequem aus dem Fernsehsessel folgen?

Ein Tyrann wird gestürzt, ein kleptokratisches, dreißig Jahre erstarrtes Regime aus blinder Gier und korruptem Terror von der Straße durch die Straße weggefegt. Ist das so, im Moment in Ägypten und in Tunis? Wir wissen inzwischen, wie Revolutionen wirklich ausgehen. Schiller, Ehrenbürger der Französischen Revolution, wandte sich von deren entfesselt blutrünstigen Folgen schaudernd ab.

Es ist wahr, unerträgliche Zustände werden beseitigt und kommen *so* nicht wieder. *So* nicht!

Aber meistens noch schlimmer. Auf die Französische Revolution folgte der Jakobiner-Terror, Blutbäder in der Gironde und in Lyon, die Guillotine wütete in Paris. Napoleon wurde Kaiser und Diktator, der mit seinen Armeen Europa verwüstete. Delacroix malte in Wahrheit die Folgerevolution: die von 1830. Die berühmte Oktoberrevolution (auch für sie gibt es ein pathetisches Gemälde von Wladimir Serow, in dem Lenin den Massen den Weg weist) verwandelte sich in eine der furchtbarsten Repressionskatastrophen der Menschheit mit Millionen unschuldiger Opfer in Russland, in China, in den Satellitenländern, die an Hunger und in Arbeitslagern starben. Eine Folge des französischen intellektuellen Revolutionsradikalismus war Pol Pot auf den Spuren von Maos grässlicher Kulturrevolution.

Pol Pot schaffte sogar das Geld als Wurzel allen Übels ab und mordete wahllos Millionen. Was waren wir erleichtert, als der Schah von Persien und seine anachronistischkorrupte Pfauenthron-Regierung stürzte. Was sind wir bedrückt, wenn wir auf Khomeini und die Folgen heute blicken. Das Sprichwort sagt: Die Revolution frisst ihre Kinder. Sie ermordet auch ihre Kindeskinder und betrügt Generationen um ihr Leben. Aber vielleicht mag man sich mit dem Schweizer Historiker Ernst Meyer trösten, der konstatierte: »Das Einzige, was die Geschichte uns lehrt, ist, dass sie uns nichts lehrt.«

Der nackte Wahnsinn

Am aktuellen Beispiel von Muammar al-Gaddafi –
wer schützt die Welt vor dem grausigen Ende ihrer
Herrscher?

26. Februar 2011

Das Fernsehen brachte es an den Tag: Libyen ist die letzten vierzig Jahre von einem Geisteskranken regiert worden. Die Diagnose konnte jeder Laie stellen, sie war offenkundig. Da trat ein Herrscher, ein Diktator, vor die Kameras, einmal kroch er wie ein ängstlich verschrecktes Tier aus einer Höhle, mit gespanntem und vorgehaltenem Regenschirm, sprach wirr, kurz, aggressiv zuckend, schreckhaft in die Enge getrieben.

Das zweite Mal bellte er sein Volk an, drohend, schwenkte nervös und fahrig Papiere, wie ein erdfarbener Derwisch eingehüllt, griff nach dem Wasserglas, das ihm aus dem Off gereicht wurde, und drohte und verfluchte wirr seine Untertanen als Drogensüchtige, Ratten, Verhetzte. Der Schrecken, der von ihm ausging, war der, dass er noch als Schlächter zwischen seinen Untertanen wüten konnte. Niemand konnte ihn bremsen, niemand ihm in den Arm fallen, ihm die Zwangsjacke anlegen. Er stand in einer zerbombten Kulisse.

Und mir fiel Hitler im Hof der Reichskanzlei ein, von dem damals nur seiner Umgebung offenbar war, dass der Diktator nicht bei Sinnen war, wahnsinnig war, sein Volk und die Welt, die Juden testamentarisch verfluchte, Geisterarmeen herbeifaselte und Wutanfälle bekam, die mit weinerlichen Szenen endeten.

Und da fiel mir ein, von wie vielen Herrschern ihre Zeitgenossen das Allerschlimmste zu fürchten hatten, weil sie nicht mehr Herr ihrer Sinne waren. Lenin zum Beispiel, der Diktator und Kriegsherr der Räterevolution, der in den letzten Monaten seiner Herrschaft, von mehreren Schlaganfällen gezeichnet, nur noch mühsam einsilbige Wörter aussprechen konnte und der die Aufgabe, die ihm seine Ärzte gestellt hatten, zwölf mit sieben zu multiplizieren, nur durch dreistündige Addition zu lösen vermochte. Sein Nachfolger Stalin, der elend starb, weil er aus krankhaftem Misstrauen eine jüdische Ärzteverschwörung gewittert hatte, nur von Kurpfuschern umgeben war, die ihm Blutegel anlegten. Mao Tse-tung, an ALS erkrankt, war ein hilflos ohnmächtiger Spielball der Kamarilla seiner Frau. Und Jelzin, der Präsident der russischen Befreiung, war so alkoholkrank, dass er gegen Ende seines Lebens nicht wusste, auf welchem Flugplatz er gelandet war.

An die Antike, wo Caligula sein Pferd zum Senator machte und wo Nero Rom anzündete, nur um es an seiner Laute zu besingen, muss man gar nicht denken. Oder an Berlusconi und Bunga-Bunga – aber das ist ein anderer Fall.

Das hybride Auto

Das Wort »hybrid« hatte für mich lange Jahrzehnte eine Bedeutung, die aus der griechischen Antike stammte. Es war das Adjektiv zum Substantiv »hybris« und definierte die Selbstüberhebung des Menschen als Frevel, der in der griechischen Tragödie mit dem Tod durch die Götter, der Auslöschung des hybriden Menschen, bestraft wurde. Dafür, dass er hochmütig und vermessen war, übersteigert in seinem Egoismus und Geltungstrieb, sich über alle von Herkunft, Moral und Tradition gesetzten Grenzen und Normen hob.

Die griechische Mythologie kennt die Hybris des Prometheus, der den Göttern das Feuer stahl und den Menschen damit den Fehltritt mit allem Nutzen und Nachteil brachte – bis hin zur Dampfmaschine, zum Auto. Auch zum Atomkraftwerk.

Heute soll das Wort »hybrid« (und hier ist sein Ursprung lateinisch) »gemischt« bedeuten. Es ist ein grünes, ein biofreundliches Wort, das die »öko«-gerechte Nutzung von Energien und zur Schonung der Natur beschreiben will.

Jetzt aber hat der Begriff vom Hybrid-Auto durch den sogenannten »Öko«-Sprit den alten schrecklichen Begriff der Vermessenheit und des Frevels gegen die Natur wieder als Fratze des Bio-Gedankens hervorgebracht. Wie schon einmal in der Zeit der zyklischen Weltwirtschaftskrisen, als man den Markt und seine Preise dadurch regulieren wollte, dass man tonnenweise Weizen vernichtete und Kaffee ins Meer schüttete.

Jetzt kehrt der unerhörte Frevel gegen die Natur in seiner scheinbar umweltfreundlichen Larve wieder. Als grässliche Alternative zwischen Teller und Tank. Getreide kommt nicht als Brot auf den Tisch, sondern wird durch den Auspuff von Autos gejagt.

Das Gebet vom »täglichen Brot« pervertiert zur Bitte um den täglich »Öko«-Sprit-vollgefüllten Sportwagentank. Die Attribute »bio« und »öko« verhöhnen allen Sinn von Biologie und Ökologie.

Wer über die urmenschliche Konnotation der Nahrung fortschrittsgläubig die Schultern zuckt – bei der Verheizung sollte er sich mindestens die neuerliche Verelendung der Hungernden der Dritten Welt, deren Kolonialisierung durch die pferdegestärkten Industrienationen vor Augen halten. Wie zum Hohn gegenüber hungernden Kindern wird das Spritteure Getreide für unsere unaufhaltbare Autojagd verpulvert.

Von zweihundert Kilogramm Getreide können wir dreizehn Autotanks füllen oder ein Jahr lang einen Menschen ernähren. Das ist auch für jemanden, der nicht gottesfürchtig ist, die schamlose, die pure Blasphemie.

Googlerund

Unfälle auf der Datenautobahn. Von Udo Jürgens,
dem Suppenkaspar und anderen Schwervernetzten.
Ist die Welt doch nur eine Scheibe?

In seinem neuen Album »Der ganz normale Wahnsinn«
singt Udo Jürgens sich in einem Song »Du bist durch-
schaut« seinen Spott und Hohn über das Internet aus der
Kehle und von der Seele. Die lustigste Zeile heißt: »Die
Welt ist eine Google.«

Nun ist er dabei von dem Schriftsteller Peter Glaser des
Plagiats beschuldigt worden, nicht ganz ernst gemeint,
aber dennoch. Die gleiche Zeile war am 13. April 2005 die
Überschrift in Glasers »Glaserei«-Blog. Scheinbar hat Glaser das dem Udo Jürgens nicht übelgenommen, denn er
ließ sich von der »SZ« so zitieren: »Wir müssen freundlich
zu Udo sein, weil meine Mutter ein großer Udo-Fan ist.«

Gleich alt mit dem berühmten Liedermacher, empfinde
ich gerade diesen Satz als einen Tiefschlag. Udo ist also
für ihn von vorgestern, da darf man das. Allerdings gab
Glaser zu, dass auch er das Wortspiel schon vorgefunden
und nicht erfunden hat.

Ich kenne es auch schon längere Zeit, zum Beispiel
als österreichischen Napfkuchen, immer wenn ich aus
Versehen einen Sprung ins Internet mache, finde ich einen »Googlehupf«. Und Heinrich Hoffmanns »Suppenkaspar« im »Struwwelpeter« googelt sich (oder: googlet
sich?) durch die Geschichte: »Der Kaspar, der war kernge-
sund / Ein dicker Bub und googlerund.« Jedenfalls solange
er brav seine Buchstabensuppe aß.

Glaser hat dann auch gerne noch ein paar andere Internetstellen zur freien Plagiatsverfügung gestellt, zum Beispiel den Slogan: »Wörter zu Fluchscharen« als Echo auf die DDR-Friedenslosung »Schwerter zu Pflugscharen« oder »Sag zum Abschied leise ›Service‹« oder gar »Unfall auf der Datenautobahn – zwei Schwervernetzte«.

Da bin ich allerdings schon bei meinem Apotheker. Der hatte neulich während der Dienstzeit geschlossen, und ein Kunde, der Hustensaft brauchte, sah ihn durch die Scheibe mit der Assistentin schmusen. Kurz darauf öffnete der Apotheker und sagte: »Entschuldigung, ich habe ein Nickerchen gemacht.« Darauf der Kunde: »Ich weiß, ich hab es durchs Nenster gesehen.«

Vernetzt oder verletzt, das ist hier die Frage. Net oder fett, dünn oder googlerund.

Ovum ex ovo oder das Gelbe vom Ei

Ohne Hahn auch keine Henne – Gedanken über
ein tierisches Produkt, das seinesgleichen sucht

Heute, aus gegebenem Anlass, das Ei. Nicht das Spiegelei,
nicht das Kuckucksei, nicht: Ach, du dickes Ei!

Das Hühnerei warf zunächst die scholastische Frage
auf, was eher da war, das Ei oder die Henne. Das ist präfe-
ministisch gefragt, denn ohne Hahn, der das Ei befruchtet
(sogenannter Hahnentritt), auch keine Henne, die aus dem
Ei schlüpft. Bei Wilhelm Busch legt nach dem schnöden
Mordanschlag von Max und Moritz jedes der drei Hühner
»noch schnell ein Ei! Und dann kommt der Tod herbei«.
Auch der Hahn legt eins. Notgedrungen, krumm und un-
genießbar.

Das »Ei des Kolumbus« ist kein geschlechtsspezifisches
Merkmal, auch kein Osterbrauch, sondern, neben Nord-,
Mittel- und Südamerika sowie Westindien, die wichtigste
Entdeckung des Genuesers.

Jedes echte Ei ist »oval«, ein sozusagen objektgebunde-
nes Adjektiv. Wie »blond«, das auch nur für Frauenhaar
(sogenannte Blondinen) und sinnentsprechend für helles
Bier gilt. Ist etwas preiswert, wohlfeil, um nicht zu sagen
billig, kriegt man es in Berlin »für'n Appel und 'n Ei«. In
Wien kriegt man das Gleiche für »ein Butterbrot«. Auch
das ist nicht das Gelbe vom Ei.

Der Feigling in Spanien hat keine Eier, in Amerika hat
er keine Bälle, was aber an der ovalen Form des »football«
liegt. Im deutschen Fußball ist der Ball rund, wer dazu

nicht die nötige Härte hat und überhaupt, ist ein »Weich-ei«. Das ist neudeutsch und entspricht dem schwäbischen Säckel oder Halbsäckel.

Ein Lehrsatz über das grammatikalische Geschlecht, definiert als Quintessenz: »Was Eier trägt, ist maskulin. / Was Milch hergibt, ist feminin. / Als Ausnahme merke dir genau / den Milchmann und die Eierfrau. / Beides ausgestorbene Berufe.«

Wie der Hase zu den Ostereiern kommt, ist ungewiss, wahrscheinlich wie die Jungfrau zum Kinde. Dass er sie »hart gekocht« bringt, widerspricht seiner Hasennatur, entspricht aber seiner karnickelhaften Konstitution.

Der Kommunarde Konzelmann, Gott hab ihn selig!, zerschlug einst ein rohes Ei auf dem Kopf des Berliner Bürgermeisters Eberhard Diepgen. Und das mit den Worten: »Fröhliche Ostern, du Weihnachtsmann!« Da kommt einiges durcheinander im christlichen Kalender. Ohne saisonale Bindung warf derselbe Täter zwei gleiche Eier auf Köhler wie auf Wulff. Präsidentenfixiert!

Bleibt das Wedekind-Gedicht nachzutragen: »Leise schlich ich wie auf Eiern / Mich aus Liebchens Paradies, / Wo ich hinter dichten Schleiern / Meine letzten Kräfte ließ.«

Ovum ex ovo, wie der Lateiner sagt. Hahn oder Henne.

Am Stock oder auf Rädern

Erst auf allen vieren, später auf zweien, am Ende
auf dreien. Nicht nur der Mensch in Meck-Pomm
wird immer älter

Früher, als ich noch jung war, delektierte ich mich am
Geraunze des altersgriesgrämigen Karl Valentin, der zu
einem jungen Lehrling sagt, gespielt von Liesl Karlstadt:
»Schämen Sie sich, dass Sie so jung san, ich war auch einmal jung, vielleicht sogar jünger als Sie.«

Als ich jung war, vielleicht sogar jünger als Sie, hatte ich
eine Schulfibel, in der das Rätsel stand: »Was ist das für
ein Tier? Es geht anfangs auf allen vieren, später auf zwei-
en und endlich auf dreien?« Stellte man die Fibel auf den
Kopf, stand da als Lösung: »Der Mensch.«

Dies ist mir wieder eingefallen, als ich in einem Artikel las, dass Mecklenburg, das einst das Bundesland mit
den jüngsten Deutschen war, nämlich noch vor zwanzig
Jahren, inzwischen das mit den ältesten Deutschen ist.
Damit verbunden: der Bevölkerungsschwund; einund-
siebzig Einwohner leben auf einem Quadratkilometer, so
viel Landschaft für den Einzelnen war nie. Abgebildet zu
dem »FAZ«-Artikel war ein Piktogramm eines Mannes
(aktuell und nicht geschlechtsspezifisch müsste man sagen:
eines Wesens im Hosenanzug), der (das) buchstäblich und
wortwörtlich am Stock ging. Ein Zeichen für eine fehlende
Mobilität in einem Land, das Anrufbusse für Alte einsetzt,
damit sie gesellig bleiben können.

Ach, was habe ich im Laufe eines Lebens schon alles
an Ampelmännchen und Piktogrammen erlebt! Erst ver-

schwanden die »Bösen Onkelz« in Parkanlagen, die ein Kind an der Hand führten, dann siegte der Osten nach der Wiedervereinigung für ein eigenständiges Ampelmännchen mit Hut – neben dem grünen Pfeil für Rechtsabbieger bei Rot und der Bezeichnung »Broiler« für das Brathähnchen das letzte Symbol der DDR-Eigenständigkeit. Schließlich verloren die Piktogramme ihr Geschlecht. Altersbedingt. Quotengerecht.

Jetzt also das Meck-Pomm-Männchen am Stock. Dabei ist es längst veraltet. Niemand geht mehr am Stock. Da sei der Rollator vor. Mein Leben war ein ständiger Kampf gegen die Aufgabe der Zweibeinigkeit. Einmal vor dreißig Jahren schlief ich in Dortmund in einem Bahnhofshotel und sah auf einmal erschrocken, dass alte Leute ihren Koffer hinter sich herzogen. Auf Rädern. Inzwischen habe ich mir sogar einen Einkaufswagen gekauft, den »Hackenporsche«, »Seniorentrolley«, den »Anton, bleib hinter mir!«.

»Der Fortschritt macht nirgends halt«, seufzte neulich eine Altersgenossin, »früher sagte der Arzt, wenn ich zu ihm kam: ›Machen Sie sich oben frei‹, heute sagt er nur noch: ›Strecken Sie die Zunge raus.‹«

Das liegt aber an der Verfeinerung der Diagnostik.

Der Porsche und die Kuckucksuhr

Jetzt regieren Grüne im Autoländle. Vom Geschwindigkeitsrausch im Südwesten und der Frage: Darf man Schotten den Whisky verbieten?

Nach 1945, als uns Deutschen allmählich, aber drastisch klar wurde, dass wir einem wahnsinnigen Verbrecher bedingungslos in die Katastrophe gefolgt waren, suchte die Volksseele nach Balsam für unsere Kränkungen, nach Ausreden für unsere Fehler und Verbrechen.

Und sie seufzte kollektiv und am Stammtisch: »Das mit den Juden und dem Krieg, das hätte der Führer nicht machen dürfen. Aber es war ja nicht alles nur schlecht. Er hat ja schließlich auch die Autobahn gebaut.«

Ein paar Jahrzehnte später, die Grünen hatten sich als Partei etabliert, blickten, in einem Witz, versteht sich, zwei grüne Spitzenpolitiker von einer Brücke auf den endlos tosenden Autobahnverkehr der A1. Und dann hörte man sie seufzen: »Es war nicht alles nur schlecht bei Hitler. Aber einen schweren Fehler hat er gemacht. Die Autobahnen hätte er nicht bauen dürfen!«

Tja, so ändern sich die Zeiten und Meinungen, und die Grünen haben mit abstrusen Forderungen und geplanten Spritpreiserhöhungen (die von der Wirklichkeit ohnehin eingeholt sind), mit Froschwanderwegen und Tempo 30 alles getan, um den Verkehr zu bremsen und damit den Wirtschaftsmotor abzuwürgen. Als Rufer in der Blechlawinenwüste machte sich das gut; da muss der Wegweiser dem Weg nicht folgen, der in die richtige Richtung weist. Und so fuhren Grüne auch Porsche und Audi.

Jetzt aber ist es ernst. Ein Grüner ist Regierungschef in einem deutschen Land, noch dazu in einem, das seine Spitzenstellung in Beschäftigung, Einkommen und Wohlstand dem Auto verdankt und seinen Luxus dem Geschwindigkeitsrausch, dem Dreiklang aus Daimler-Benz, Bosch und Porsche. Und prompt sagte der neue Ministerpräsident Winfried Kretschmann, das Ziel sei es, weniger Autos zu produzieren. Das ist, als wollte man Schotten den Whisky verbieten und entziehen oder in Argentinien die Rinderzucht drosseln.

Und so war selbst Winfried Hermann, ein Grüner, bekennender Radfahrer und neuer Verkehrsminister, erschrocken und sagte in Radio-Eriwan-Manier, Winfried Kretschmanns Forderung sei zwar »im Prinzip« richtig. »Aber«, fuhr Hermann fort, »ich hätte das so nicht gesagt.«

Wie denn aber dann? Andere Autos, ja. Leichter. Effizienter. Sauberer. »Die Autoindustrie wird entweder grün, oder sie wird zu einer Art Kuckucksuhr-Industrie.« Die Quadratur des Kreises. Zum Kuckuck also mit den dicken, schnellen Benzinschluckern.

Leider ist der Kuckuck aber auch ein aufgeklebter Verwandter des Pleitegeiers.

Brennelemente und Munduruku

Lautgedichte – oder wie sich Vokale plötzlich
von ihren Sinnfesseln befreien

In den letzten Tagen las ich häufig etwas über die Brenn-
elementesteuer, ein wichtiges Thema in der Diskussion
über den Ausstieg aus der Kernenergie. Aber nicht deshalb sprang mich das Wort an, sondern wegen der vielen
e-Vokale. Von der Last der Bedeutungsschwere befreit,
verwandelte es sich zum Lautgedicht: Brennelemente,
schön wie »Ebenen« und »Berge«.

Denen kann man kein X für ein U vormachen. Sinn-
entleert stehen sie plötzlich nackt da, als ob ihr Inhalt nur
ein Schleier über ihrem Bild und Klang wäre, also Schall
und Rauch. Das war umso seltsamer, da in der gleichen
Zeitung plötzlich ein Indianerstamm, die Munduruku, aus
der Buchstabensuppe auftauchten. Indios, die am oberen
Rio Tapajos in Brasilien leben und Tapire und Krokodile
jagen. Das war mir aber egal. Mir stach nur ihr fortgesetztes
U in die Augen, und ich dachte, wie schön wäre es, wenn
sie den Uhu jagten! Uhu, ein Tier, das sich noch dazu von
hinten wie von vorn gleich liest. Wie das Mädchen Anna
mit ihrem Kerl Otto. Mit dem Ottomotor unterwegs, im
Rückwärts- wie im Vorwärtsgang.

Mir fiel ein, wie vor Jahren bei einer Lesung eine schöne
Barbara mich um ein Autogramm bat. Ohne lange zu überlegen, schrieb ich: »Barbara saß nah am Abhang.« Wochen
später schrieb sie mir, sie und ihr Freund hätten lange über
den Sinn gegrübelt. Ich dachte, besser nicht, schrieb aber,
der Satz stamme aus dem »Kleinen Hey«, mit dem Schau-

spieler ihre Aussprache trainieren: a, a, a, a. Jetzt bei den Brennelementen und den Munduruku (die sich übrigens wahrscheinlich von Kukuruz – österreichisch: Mais – ernähren) kam mir Ernst Jandls Gedicht von Ottos Mops in den Sinn:

ottos mops trotzt
otto: fort mops mops fort
ottos mops hopst fort
otto: soso

otto holt koks
otto holt obst
otto horcht
otto: mops mops
otto hofft

ottos mops klopft
otto: komm mops komm
ottos mops kommt
ottos mops kotzt
otto: ogottogott

Eine dadaistische Wort-Tragödie. Übrigens: Der Held Gontscharov, der den ganzen Tag traurig und träg auf dem Sofa liegt, auf der Ottomane, heißt Oblomov. Ihm fehlt eine Barbara, Lara, Anna oder Tamara.

Mit Stuttgarts Polizei auf Wolke sieben

Grün-Rot im Ländle wirkt. Bei Stuttgart-21-Blockaden
sind Uniformierte und Demonstranten jetzt ganz lieb
zueinander

Es ist rund zwanzig Jahre her, da hatte ein US-amerika-
nischer Reiseführer für seine Touristen folgende (nicht nur
witzig gemeinte) Skala europäischer Charaktereigenschaf-
ten aufgelistet, nach dem bekannten Schema »Himmel und
Hölle«.

Also: »Im Himmel sind die Briten die Polizisten, die
Franzosen die Köche, die Deutschen die Handwerker, die
Italiener die Liebhaber, und organisiert wird das Ganze
von den Schweizern.« Dagegen in der Hölle: »Da sind
die Briten die Köche, die Franzosen die Handwerker, die
Schweizer die Liebhaber, die Deutschen die Polizisten, und
organisiert wird dort alles von den Italienern.«

Ich hab das damals auf einem T-Shirt gelesen, das in einem Touristenladen auf dem schönen Ponte Vecchio über
dem Arno in Florenz im Schaufenster hing (Reisen bildet,
wie man sieht, ungemein), aber leider nicht gekauft und
musste es jetzt also aus dem Internet abrufen (auch Google
bildet ungemein).

Inzwischen ist alles anders, inzwischen könnten die Bri-
ten auch im Himmel kochen, jedenfalls in London, wo sie
Adriàs Molekularküche pflegen. Die Schweizer schlechte
Liebhaber in der Hölle? Da können die Kachelmänner nur
sadistisch grinsen beim Frauen-»Verarschen« (O-Ton).
Und die Italiener im Liebhaberhimmel? Mit Liebhaber-
Bunga-Bunga? Das wohl doch nicht mehr.

Schließlich die Deutschen als Polizisten die Hölle auf Erden? Als Berserker mit Schlagstock und Brutaleinsatz? Nimmermehr! Keineswegs! Die arbeiten inzwischen im Rentnerhimmel! Ich habe die Bilder von den – trotz Grün-Rot, oder wegen! – erneut aufflackernden Demos vor dem Hauptbahnhof Stuttgart 21 gesehen. Und da trafen sich die alten, guten Häuflein betagter Bürger zum Protest, wohlgerüstet und froh gestimmt, es war wie beim Wandertag. Alle trugen Gesundheitslatschen, Anoraks und bequeme Hosen, setzten sich gemütlich hin, protestierten und ließen sich selig lächelnd wie dicke fette Babys, Männlein wie Weiblein a. D., von hilfsbereiten, freundlichen jungen Polizisten und Polizistinnen abschleppen, aus dem Weg tragen. Ein Service de luxe.

»Das koschtet nix!«, hatten die bestimmt gedacht, und man wird weggetragen, als wäre die Polizei eine Schwebebahn und das Ganze ein Kindergeburtstag, fehlt nur das Sackhüpfen und die Käsetorte. Und da machen wir künftig munter weiter, damit die Zeit vergeht. Die Welt in Stuttgart und vor Stuttgart 21 ein einziger Rentner-Freizeitpark, in dem die Polizei für Bewegung sorgt. Nett und adrett sehen sie aus, die jungen Beamten und Beamtinnen, und man liegt in ihren Armen wie auf Wolke sieben. Die Stuttgarter Bullen, das ist inzwischen der Himmel auf Erden. Die Stimmung stimmt! Und Wut, so sieht man, Wut tut gut!

Wolfsburg vergessen

Wie die Bahn die Käferstadt links liegenließ
und das Wachbataillon der Bundeswehr eine Fahrt
nach Hamburg verhinderte

Wolfsburg – und das wollen wir nicht vergessen – ist eine Stadt mit einer großen, heroischen Vergangenheit. Ich sage nur: 2009, Felix Magath, der Brasilianer Grafite, Steilwand, Medizinbälle. Steiler Weg nach oben. Damals nämlich wurde die Autostadt deutscher Meister. Fußballmeister!

Inzwischen ist der VfL Wolfsburg mit äußerster Mühe knapp am Abstieg aus der Bundesliga vorbeigeschrammt. Wolfsburg, das kann man zurzeit *echt* vergessen, wie das Fußballfans mit einer wegwerfenden Handbewegung sagen. Aber *echt* vergessen!

Das hat der Lokführer eines ICE von Hamm nach Berlin am Dienstagmorgen allzu wörtlich genommen. Er hat Wolfsburg einfach links liegenlassen. Ohne Halt überfahren. Die Bahnkunden, die auf ihrem Wechsel von der Schiene zur Straße ihren Golf oder Tuareg abholen wollten, blickten erschrocken durch die unerbittlich geschlossenen klimaanlagenresistenten Fenster. Wolfsburg flog vorbei. Auf einmal waren sie in Berlin. Nur zweihundert Kilometer später. Dort mussten sie umsteigen und kamen erst drei Stunden später endlich in Wolfsburg an.

Ein neuer teuflischer Plan zur Fahrgästemisshandlung der Deutschen Bahn im Kampf gegen alle vier Jahreszeiten und alle technischen und digitalen Neuerungen? Das glaube ich nicht.

Ich war am gleichen Dienstag, allerdings nachts, von

Berlin ebenfalls nicht nach Hamburg gefahren. Um 22 Uhr 58. Als ich zum Hauptbahnhof kam, stand da, dass der Zug ausfällt. Wegen Unwettern, wie ich erfuhr. Macht nichts, dachte ich gott- und bahnergeben. Und suchte und fand ein Hotel. Als ich am nächsten Morgen zum Bahnhof fuhr, hielten wir bei Rot vor dem Präsidentenschloss Bellevue.

Dort war ein roter Teppich ausgerollt, und das Wachbataillon der Bundeswehr machte gerade »Rechts um!«, zog ohne klingendes Spiel im Gleichschritt durch das offene Tor über die Straße. Alle drei Waffengattungen, Luftwaffe, Heer, Marine, in drei Farben, drei Sorten Mützen. Das dauerte. Zu viel der Ehre, dachte ich. Vielleicht habe ich ja Glück, und mein Zug hat Verspätung. Aber unerforschliche Bahn! Sie war diesmal pünktlich und ich also zu spät.

Übrigens ist die Käferstadt Wolfsburg auch der Geburtsort des Nationalhymnen-Dichters Hoffmann von Fallersleben. Und der hat in der vergessenen zweiten Strophe gedichtet: »Deutsche Frauen, deutsche Treue, deutscher Wein und deutscher Sang / Sollen in der Welt behalten ihren alten guten Klang!«

Wein, Weib und Gesang? Wäre das nicht mindestens eine Hymnenstrophe für die Frauenfußball-WM?

Sauklaue auf der Schiefertafel

Die Schule ist keine Diktatur mehr, jedenfalls nicht für das Schreibschriftschreiben. Ein in Handschrift eingereichtes Manuskript

Als ich zum ersten Mal in meinem Leben, ich kam aus Berlin, den Weißwurst-Äquator nach Süddeutschland überquerte, staunte mein schwäbischer Großonkel, er war Gerbermeister, nicht schlecht: »Du sprichst ja nach der Schrift, Bub!«, sagte er. Das ist ein Weilchen her, der Großonkel wäre inzwischen 147 Jahre alt.

Nach der Schrift, gemeint war die Bibel, die Luther-Bibel, die Heilige Schrift, die von der Kanzel so gelesen wurde, wie sie auch geschrieben worden war. »Briefe an die Korinther« etwa. Die Luther-Bibel war natürlich in Wahrheit längst gedruckt, weswegen meine Mutter, wenn ich wegen Bauchschmerzen die Schule schwänzen wollte, sagte: »Du lügst wie gedruckt.« Journalist wurde ich erst viel später, aber Papier war damals schon geduldig.

Ich musste in der Schule Schönschrift lernen. Man sollte »wie gestochen« schreiben, in Kupferstich sozusagen. Zuerst Sütterlin; noch auf der Schiefertafel, mit Griffel und drangehängtem Schwamm. Fehler wurden angekreidet. Wie beim Gastwirt stand man in der Kreide. Noch heute löscht man Texte auch im Internet, auch beim Simsen. Aber es kommt von Schwamm. Vom Löschen wie beim Feuer oder beim Durst. Schwamm drüber!

Schönschreiben war ein benotetes Lernfach wie Rechtschreiben. Beides ging nur mit der rechten Hand, nur so ging's mit rechten Dingen zu. Linkshänder waren demnach beim Schreiben so verpönt wie Bettnässer. Erst später beim Steine- und Ballwerfen habe ich gelernt, dass ich »eigentlich« ein Linkshänder war. Denn Steine warf ich, wenn überhaupt, also nie, instinktiv. Mit links sozusagen.

Komisch, ein ungedruckter Text (wie dieser hier, während ich ihn mit der Hand schreibe) heißt immer noch Manuskript. Also Handgeschriebenes. Noch in meinen Jahren beim »Spiegel« reiste stets zu »Spiegel«-Gesprächen ein Stenograph (ein sogenannter Kurzschreiber) mit. Es galt das geschriebene Wort.

Schönschrift war lebenswichtig. Die Schrift war das Kellerloch der Seele. Ihre Dunkelkammer. Bewerbungen hatten »handgeschrieben« zu sein. Graphologen machten sich heimlich darüber her. Schüttelten den Kopf über ausufernde Unterlängen. Unterlängen, pfui Teufel.

Alles vorbei, jetzt. Schreibschriftschreiben ist keine Schulpflicht mehr. Na gut. Wie singt der Zigeunerbaron so schön: »Ja, das Schreiben und das Lesen ist nie mein Fach gewesen. Denn schon von Kindesbeinen befasst ich mich mit Schweinen.« Der hatte wahrscheinlich echt eine Sauklaue, bevor er E-Mails schrieb und SMS simste.

Tiere und die Liebe: Von Zebreseln und Zebreselfanten

Ein Seitensprung im Zoo und seine überraschenden Folgen, die selbst Alfred Brehm so nicht vorhersehen konnte

9. Juli 2011

»Der Esel ist ein dummes Tier / Der Elefant kann nichts dafür«, heißt es in Wilhelm Buschs naturwissenschaftlichem Alphabet, das er als Bildgeschichten-Parodie auf das Volksbuch »Brehms Tierleben« geschrieben hat. Brehm, wir erinnern uns, war der erste Zoodirektor bei Hagenbeck in Hamburg und der Gründer des Berliner »Aquariums«.

Wir wissen, was ein Esel ist, und in »Brehms Tierleben« lobt der Zoologe: »Etwas Nutzbareres und Braveres von einer Kreatur als dieser Esel ist nicht denkbar.« Andererseits heißt es: »Der zahme Esel ist durch die lange Misshandlung so heruntergekommen, dass er seinen Stammeltern fast gar nicht mehr gleicht. Er bleibt nicht bloß viel kleiner, sondern hat auch eine mattere, aschgraue Farbe und längere, schlaffere Ohren.«

Was den Elefanten anbetrifft, so gibt es die folgende Rätselfrage: Was ist das? Es ist grau, unauffällig und stapft matt durch den Urwald? Antwort: Ein Irrelefant. Eine Kreuzung aus Elefant und irrelevant.

Was aber ist ein »Zebresel«? Er verdankt sein Leben keinem Sprachspiel, sondern einem echten Liebesspiel, dem Seitensprung eines Esels mit einer Zebrastute (Equus zebra) in einem Zoo auf Kuba. Ganz die Mutter sei der Zebresel an den gestreiften Beinen und Ohren. Bei der Fellfarbe und Größe komme er dagegen nach dem Eselvater.

Dass sich Esel und Pferd seit der Antike kreuzen, wissen wir dank Brehm. Und von jedem Besuch in Mittelmeerländern. Maulesel (Asinus vulgaris Hinnus) haben ein Pferd zum Vater und eine Eselin zur Mutter. Umgekehrt ist es beim Maultier (Asinus vulgaris Mulus). Anders als im Zoo auf Kuba, wo das Zebraweibchen sich zum Eselmännchen hingezogen fühlt, weiß Brehm: »Pferde und Esel kreuzen sich nicht freiwillig, und es bedarf deshalb immer der menschlichen Beihilfe, mannigfaltiger Vorbereitung und besonderer Kunstgriffe.« Laut Brehm paart sich der Esel leicht mit der Stute, nicht aber die Pferdin mit ihm, und auch der Pferdehengst mag die Eselin nicht freiwillig. Kompliziert.

Wünschen wir dem Zebresel nach seiner glücklichen, zufälligen und freiwilligen Zeugung ein langes Leben. Was aber, wenn sich dieser Zebresel einem Elefanten hingibt? Freiwillig und ohne menschliche Hilfe? Es entsteht ein »Zebreselfant« oder ein »Elezebresel«, beide weder dumm noch faul, und schon gar nicht irrelefant. Durch einen römischen Schriftsteller ist überliefert, dass ein antikes Maultier in Athen das biblische Alter von achtzig Jahren erreichte. »Ausgerechnet« in Athen!

Die FDP und die Doktorspiele

Vom Morbus Guttenbergensis, der bei den Liberalen umgeht. Und von einer Taxifahrt, auf der ich meinen Titel hätte verlieren müssen

Der FDP laufen nicht nur die vorletzten Wähler weg – allmählich droht der Partei auch das Aussterben ihrer Doktoren. Titel sterben wie die Fliegen, fallen vom Namen ab wie die Krätze. Nachdem das KT-Virus (der sogenannte Morbus Guttenbergensis) in Bayern ausgebrochen war und die aggressiven Viren sämtliche Fußnoten und Gänsefüßchen im Stoiber-Umfeld aufgefressen hatten, überfielen sie die FDP, europaweit, besonders aggressiv im Europaparlament.

Fast alle FDP-Doktoren in Straßburg stehen jetzt gelb und nackt da, kein Doktorhut, der sich als Feigenblatt vor die Blöße des Namens halten ließe. Gut nur, dass Dr. Guido W. zurzeit dem Weltsicherheitsrat vorsteht. Er kann dort für seine Partei den Artenschutz als Weltkulturerbe beantragen. FDP-Doktoren sind vom Aussterben bedroht. Silvana Koch-Mehrin und Jorgo Chatzimarkakis hat es schon erwischt, Margarita Mathiopoulos, die einst Willy Brandt um Verstand und Parteivorsitz brachte, kämpft noch auf der Intensivstation für befallene Akademiker.

An dieser Stelle gebietet es mir der Anstand, zu gestehen, dass auch ich meinen Doktortitel durch Amtsmissbrauch eigentlich nicht mehr im Perso führen dürfte. Ich bin Doktor phil., darf also nur Literaturinfarkte diagnostizieren und Sprachdiarrhö. Griechisch geschrieben und gesprochen.

Vor fünfundzwanzig Jahren aber, als ich noch jung und unerkannt im Taxi durch Hamburg fahren konnte, wurde ich an einem Freitag stationär in eine Klinik aufgenommen. Zu einer Untersuchung. Ersparen Sie mir und sich die Details! Alles verlief wie erwartet, der behandelnde Arzt aber behielt mich zur Sicherheit über Nacht im Krankenhaus. Da mir nichts fehlte, durfte ich am Sonnabendmorgen schon um sechs Uhr die Heimfahrt antreten.

Die Stationsschwester bestellte ein Taxi, für Dr. K. Der Fahrer kam und fragte mich, ob ich eine anstrengende Nacht gehabt hätte. »Geht so! Danke!«, sagte ich und saß in der Falle. Sonnabendmorgen um sechs werden keine Patienten entlassen, und so hielt er mich für einen diensthabenden Doktor am Ende einer Nacht. »Eine Frage«, fing er an. Er habe so Rückenschmerzen wegen des vielen Fahrens. Ob ich was dagegen wüsste. Ich sagte, Wärme wäre gut. Oder auch Kälte. Je nachdem. Bewegung! Viel Bewegung. Auf härterer oder weicherer Matratze schlafen. Auch je nachdem. Einen Facharzt konsultieren. Einen Orthopäden statt eines Orthographen. Er dankte mir überschwänglich, und ich habe ihn glücklicherweise nie wiedergetroffen. Ich hoffe, es geht ihm gut. Ohne »Ich hab Rücken«, die Schlämmer-Krankheit der Deutschen.

Einmal, Jahre später, habe ich als Professor, als Not am Mann war, auf einem Pazifikflug eine Blinddarmoperation mit Plastikbesteck (Messer, Gabel, Löffel und Rémy Martin) auf einem Aufklapptischchen erfolgreich ausgeführt. Ich soll im Schlaf »Tupfer!« und »Zange!« gerufen haben, während des Fluges herrschten Turbulenzen.

Wenn Sarkasmus missverstanden wird

Shakespeare, Heiner Geißler und der totale Krieg um
Stuttgart 21 – auch ein Geduldsfaden kann irgendwann
einmal reißen

Heiner Geißler hat bei der unendlichen Geschichte des
Protests gegen Stuttgart 21 endlich auch einmal seine Ge-
duld verloren. Sein Geduldsfaden ist dem mit schier über-
menschlicher Zuhörfähigkeit Gewappneten bei einem
Rundfunkinterview gerissen. Er warf den stur bleibenden
Bahnhofsbau-Gegnern vor, was sie jetzt machten, sei der
»totale Krieg«. Prompt war die Empörung groß und brachte das Fass zum Überlaufen. Wenn Begriffe aus der Nazi-
zeit fallen, versteht der Volkszorn der PC (Political Cor-
rectness) keinen Spaß. Und reagiert wie der inzwischen
sprichwörtliche Pawlow'sche Hund: Erst mal geifern und
losspeicheln. Goebbels! Hitler! Nazi! Unerhört!

War das nicht der berüchtigte Aufruf von Goebbels in
der makabren Sportpalast-Rede nach Stalingrad 1943? In
der Hitlers Propagandaminister die Deutschen zur Fortsetzung eines längst sinnlosen, längst verlorenen Kriegs
aufrief? Reine Hetzrhetorik, die Millionen Tote und zu
Ruinen gebombte Städte zur Folge hatte.

Darf man das zitieren? Noch dazu polemisch? Natürlich wird nach Geißlers Vergleich nicht Dresden wieder
in Asche versinken, keine Armee sinnlos im Krieg um
unterirdische Gleisanlagen den Heldentod sterben. Der
Vergleich ist eine rhetorisch sarkastische Übertreibung,
die den in Geißlers Augen uneinsichtigen Stuttgart-21-
Gegnern zurufen wollte: Seid doch nicht so verbohrt wie

53

Goebbels und die ihm frenetisch zujubelnden Endsieg-Fanatiker. Es ist, als ob man den Vergleich bemüht, dass jemand vom »Saulus« zum »Paulus« wurde, wenn er als Grüner wie Joschka Fischer den Kosovokrieg auf einmal befürwortete. Ein absichtlich übertriebener Vergleich, der Gesinnungswechsel von Saulus nach Damaskus führte immerhin zur Gründung einer Weltreligion. Aber bei Nazi-Vergleichen verstehen wir Deutschen weder Spaß noch Ironie. So riskierte eine junge Sportreporterin Kopf und Kragen, als sie einen deutschen Fußballsieg als »inneren Reichsparteitag« empfand. Geschmacksgrenzwertig, aber doch nicht nazistisch. Oder der Angestellte, der entlassen wurde, weil er einem Vorgesetzten auf dessen Anweisung, die wie ein Befehl klang, »Jawohl, mein Führer!« antwortete. Nazi-Gesinnung? Der Satz stammt aus Wilders Berlin-Satire »Eins, zwei, drei«. Die Ehefrau des Coca-Cola-Chefs, den James Cagney spielt, wirft ihn ihrem Ehetyrannen an den Kopf.

In Wahrheit ist die künstliche Aufregung, die nach Geißlers rhetorischem Ausfall entsteht, ein »Sturm im Wasserglas« (Eugène Scribe, nicht Goebbels), »viel Lärm um Nichts« (Shakespeare, nicht Sportpalast). Man schlägt den Sack und meint den Esel! Entschuldigung, Herr Geißler! Gemeint ist Ihre Eselsgeduld!

Konzert ohne Durchblick

Wenn die Brille verschwunden scheint, wird
die Erde zum Jammertal – noch vor der Aufführung
von Gustav Mahlers berühmtem Lied

Als »Abc-Schütze« (so nannte man den Beruf des Erst-
klässlers, als ich noch klein war) lernte ich den Spruch: »Tu
jedes Ding an seinen Ort, / wenn du es suchst, dann findst
du's dort!« Ich wusste damals noch gar nicht, wie schmerzhaft ich im Alter an der Nichtbefolgung dieser Lebensregel
leiden und durch Leiden lernen würde.

Zu Hause weiß ich inzwischen, wo die Brille liegt, neben
dem Bett nämlich. Und wenn sie da nicht liegt, habe ich
eine zweite (nicht ganz auf dem aktuellen Schärfegrad der
ersten) in einer bestimmten Schublade, mit der ich die erste Brille stundenlang suchen und, falls ich sie nicht finde,
notfalls auch lesen kann.

Jetzt war ich in Salzburg bei den Festspielen, allein in
einem Hotelzimmer, und musste für eine Gustav-Mahler-
Aufführung am Abend mutterseelenallein den Smoking
anziehen. Das ist eine Tortur für sich, also begann ich zwei
Stunden vor der Aufführung damit: nach dem Duschen
trocknen, das Smokinghemd am Hals allein schließen, was
meinen Kopf, da das Hemd meiner Zeit hinterherhinkt, to-
matenartig verfärbte. Dann die Hose, sie ist sehr eng, und
es ist ein Abenteuer, sie zu schließen, fluchend und unter
Abmagerungsschwüren gelang es. Dann die Hosenträger!
Bis die nicht mehr verdreht waren! Uff! Dann die Fliege
ineinander verhaken. Feinfingerwerk und Geduldsspiel in
einem! Geschafft.

Jetzt war ich fertig, in die Schuhe geschlüpft. Über eine Stunde Zeit! Prima! Großartig! Jetzt nur noch die Brille! Nur noch. Ich drehte Kissen, Bücher und Zeitungen um, nachdem sich das Paniksignal »Verschwunden!« im Hirn eingeschaltet hatte. Immer nervöser und hektischer suchte ich, kroch unter das Bett, drehte im Bad alles, was nicht niet- und nagelfest war, um. Nichts zu machen. Angstschweiß kroch über meinen frisch für die Festspiele polierten Körper! Schon drohte ich die Aufführung des »Lieds von der Erde«, die mir beibringen würde, die Erde sei ein Jammertal, zu verpassen oder brillenlos hören zu müssen.

Voller Verzweiflung blickte ich in den Spiegel. Ich hatte die Brille auf! Zum Fliege-Schließen vorzeitig aufgesetzt. Ohne es zu merken! Ein Kollege tröstete: »Sie haben sie ja schließlich doch noch gefunden!« Und ich dachte, ich sehe doch noch besser, als ich denke. Mit oder ohne.

Zu Hause, als ich anrief, regnete es. Zum Trost buchstabierte man mir am Telefon die diesjährigen deutschen vier Jahreszeiten vor: Frühling, Scheiße, Herbst und Winter. Die Erde ein Jammertal! Durch welche Brille man auch schaut! Wie sagt Heinz Erhardt: »Das Leben ist wie eine Brille – man macht viel durch.«

Hammer oder Amboss

Dem Lustmolch von Kiel steht die Welt weiterhin
offen – nur nicht als Ministerpräsident

»Ist über vierzehn Jahr doch alt«, sagt der emeritierte
Professor Faust bei Goethe, als es selbst dem kuppelnden
Teufel Mephistopheles zu viel wird, wie der durch einen
Zaubertrank verjüngte ältere Herr über die mädchen-
und gretchenhafte Unschuld herfallen will. In Liebe ent-
flammt. Und die kupplerische Zofe Despina in Mozarts
Oper »Così fan tutte« rät ihren jungen Herrinnen: »Eine
Frau von fünfzehn Jahren muss alles wissen: wie man am
besten ans Ziel kommt, was gut ist und was böse. Sie muss
die kleinen Kniffe kennen, um die Männer zu betören.«
Goethe selbst wollte als Siebzigjähriger eine Siebzehnjährige ehelichen.

Christian von Boetticher, CDU-Politiker in Schleswig-
Holstein, ist Jurist wie Goethe. Und er wähnte sich, als er
sich seine blutjunge Lebensabschnittsgefährtin per Facebook schoss, auf der sicheren Seite. Er vierzig, sie sech-
zehn, das Altersverhältnis viel günstiger als bei Faust, die
Zeiten viel liberaler. Er war ledig, sie vor dem Gesetz in
geschlechtlicher Hinsicht volljährig.

Sicher, er war das, was Franz Josef Wagner als Tochter-
vater so trefflich formulierte, ein »Lustmolch«. »Lustmol-
chen« ist ein Freizeitvergnügen und nicht strafbar und
wird teils toleriert, teils nicht. Laut Goethe ist erlaubt, was
gefällt. Goethe wusste auch gleich, in Gedichtform: »Eines
schickt sich nicht für alle! / Sehe jeder, wie er's treibe, / Sehe

jeder, wo er bleibe, / Und wer steht, dass er nicht falle!«
»Hammer oder Amboss« soll man laut Goethe sein.

Boetticher wusste 2010 noch nicht, dass er bald Hammer, also Ministerpräsident werden sollte. Und landete auf dem Amboss. Ein Lustmolch als eventueller Regierungschef, das gibt es nur in Bayern. Boetticher selbst hat es in seiner Rücktrittserklärung so formuliert: »Es gab im Frühjahr 2010 noch keinen Hinweis auf Neuwahlen.«

Glück in der Liebe, Pech in der Politik. Wer die Wahl hat, hat die Qual. Moral ist, wenn aus heiterem Himmel Landtagswahlen über eine verflossene Liebe hereinbrechen.

Im Internet wie bei Facebook schläft die Konkurrenz nicht. Jeder anständige Beruf steht einem Lustmolch jedoch künftig offen.

Vollwaise mit Chuzpe

Wie Außenminister Guido Westerwelle nachträglich
Libyen von seinem Diktator Muammar al-Gaddafi
befreit haben will

»Chuzpe« schreibt sich wirklich so, kommt aus dem
Jiddischen und heißt: Unverfrorenheit, unbekümmerte
Dreistigkeit, Unverschämtheit. Aber das trifft es noch nicht
ganz. Besser erklärt es der jüdische Witz: Chuzpe ist, wenn
der Elternmörder vor Gericht auf mildernde Umstände
plädiert, weil er Vollwaise sei. Ich denke, man könnte
Chuzpe auch sehr gut mit Westerwelles letzten Auftritten
definieren, der gleich zwei Witze in Chuzpe-Art, jetzt, wo
es mit Gaddafi zu Ende geht, als ernstgemeinte politische
Statements gerissen hat. Der erste: Die Aufständischen
hätten gesiegt, weil Deutschland an vorderster diplomati-
scher Front für Sanktionen gegen Gaddafi gestritten habe.

Wie bitte? Das sagt derselbe Außenminister, der versuchte, die Entschließung im Weltsicherheitsrat durch
eine Enthaltung zu torpedieren. Und der tapfer verdrängt
hat, dass er, wäre er durchgekommen mit seiner Haltung,
die libyschen Aufständischen dem sicheren blutigen Ende
durch Gaddafis Truppen ausgesetzt hätte. Es war eine Minute vor zwölf, als Westerwelle die Rettung durch Franzosen, Engländer und Amerikaner zu stoppen versuchte.
Und rühmt sich nun, dass er diplomatisch als Vollwaise gehandelt hat. Jetzt, zum Zweiten, gibt er sich beleidigt, wenn
man ihm vorwirft, er habe Deutschland isoliert. Wieso
isoliert?, fragt er. Russland und China hätten doch mit
uns gestimmt. Wir im Bunde mit den beiden lupenreinen

Demokratien Russland und China, die oft aus Angst, Freiheitsbewegungen ins eigene Haus zu rufen, sie im Weltsicherheitsrat zu blockieren suchen?

Ist das nun Chuzpe oder pure politische Dummheit, wenn man damit die engsten Freunde in EU und Nato vor den Kopf stößt? Die Kanzlerin hält kräftig mit: Sie freue sich, dass die Uno-Resolution zum Sieg über Gaddafi geführt habe. Auch Chuzpe? Oder Korrektur des Westerwelle-Ausspruchs: »Ich habe Libyen mit befreit«? Dann müsste der Rücktritt des »entmachteten Außenministers« (»Die Zeit«) die Konsequenz sein. Vorerst übt sich Westerwelle als »Rosinenpicker« (»Die Welt«). Aus dem Kohl-Interview, das mehr »Verlässlichkeit und Stetigkeit« in der Außenpolitik anforderte, suchte er sich die (ihn nicht betreffenden) Rosinen raus und sagte, den Rest habe er noch nicht gelesen. Auch das eine Form von Chuzpe. Oder soll man sagen: Feigheit?

Wäschetrockner in Schilda

Die unromantischen Umwege der Sonnenenergie.
Von einem Narrenspiegel aus dem Jahr 1597 und
den Neuheiten auf der IFA

Wissen Sie, was ein Schildbürgerstreich ist? Dann erzähle ich Ihnen einen. Einmal hatten die Schildbürger ein neues Rathaus gebaut. Leider hatte der Architekt die Fenster vergessen, und als die Bürger von Schilda in das Rathaus kamen, mussten sie jeder einen Kienspan (das war eine Art vorelektrischer Vorläufer der Energiesparbirne) mit sich tragen, um sich nicht die Köpfe aneinanderzustoßen. Und so überlegten sie, was denn zu machen sei. Und da die Schildbürger Narren waren, also richtige Superhirne, dachten sie: Wie trägt man Wasser in ein Haus? In Eimern und Töpfen. Wie also kriegt man Licht in das Rathaus? Indem man am Mittag, wenn die Sonne am höchsten steht, das Licht einfängt und es mit Hilfe von Schaufeln und Hacken in Säcke und Töpfe verpackt. Die trägt man dann ins Rathaus, wo das Licht wieder ausgeschüttet wird. Und leuchtet! Nachhaltig, umweltfreundlich. Erneuerbar.

Das war 1597 in dem Narrenspiegel von Friedrich von Schönberg. Heute wissen wir, das hätte fast klappen können, hätte es die Solarenergie schon gegeben. Und auf der IFA in Berlin wird ein so superintelligentes Gerät vorgestellt. Ein Schilda-Wäschetrockner. Diese Maschine, die eine antibakterielle Beschichtung hat – innen, versteht sich, nicht gegen den Benutzer gerichtet –, macht Folgendes: Auf das Dach prallt die helle Sonne, die wird von Solarzellen eingefangen, nach innen in einen Speicher transportiert und treibt dann den Wäschetrockner zu einer stromgünstigen Zeit auf Sparflamme an. Das ist wirklich von höchst raffinierter Intelligenz, von hinten mitten durch die Brust in das Herz der Energiekrise.

Meine Großmutter machte das mit der Sonne ein bisschen einfacher: Schien die Sonne, spannte sie eine Leine und hängte die Wäsche um die Mittagszeit zum Trocknen hin. Kein Umweg über Eimer und Fässer und Wärmespeicher. Trocknen direkt.

Es gibt, auch auf der IFA, inzwischen digitale Bildtelefone mit dreidimensionalen Bildern. Man ruft seine Freundin an, sie verwandelt sich auf dem Bildschirm in ein dreidimensionales Wesen, man fragt sie, ob man sie küssen darf – und wupp!, hat sie ihren Schmatz weg! Die Glückliche!

Meine Großmutter musste dazu noch aus dem Haus gehen, an der Wäsche vorbei, ihr Freund kam, sie versteckten sich hinter dem Leintuch, das in der Sonne bleichte, und dort küssten sie sich ganz undigital. Er ging ihr an die Wäsche, dreidimensional, und sie wussten sofort, ob sie sich gut riechen konnten. Ohne antibakterielle Beschichtung.

Die Bananenschale der Deutschen Bahn

Winterkatastrophe mit Vorankündigung –
die Herrscher der Züge wissen jetzt schon, dass
wieder alles schiefgehen wird

Der »Klassiker« der Slapstick-Komik ist der Ausrutscher auf der Bananenschale. Er ist ein Affront gegen den »aufrechten Gang« und die Würde des Zweifüßlers. Man sieht einen Menschen, der selbstzufrieden und selbstbewusst stolziert, mit Zylinder und Stöckchen oder sogar auf der Balz, auf Freiersfüßen, wie er hochnäsig die Bananenschale übersieht – und plauz!, liegt er auf der Schnauze beziehungsweise auf dem Hintern, und aus ist es mit Würde, Überlegenheitsgefühl, Machogehabe.

Der Klassiker der Witzprojektion des Trieb-Werks Mann ist der Blondinenwitz: Sie, das hochhackige, hochgepresste, kurvige Dummchen, muss schuld sein, dass Männer fallen – auch ohne Bananenschale.

Es gibt aber eine Kombination: Eine Blondine stöckelt die Straße entlang, sieht eine Bananenschale und denkt laut: »O Gott, über die werde ich gleich stolpernd zu Boden stürzen.«

Wir sind bei der Deutschen Bahn. Ihre Bananenschale ist der Winter. Jedenfalls wenn er bevorsteht. Jetzt, da vorgezogene Herbststürme das Land durchbrausten, dachte die Bahn: O Gott! Der nächste Winter kommt! Bestimmt! Er naht. Und da werden wir abstürzen. Eis, Schnee, zu wenig Züge! Verspätungen, Zugausfälle. Verärgerte, vergrätzte Nahverkehrskunden, Fernverkehrsreisende mit roten Rotznasen auf zugigen Bahnsteigen!

Was tun? Mehr Züge, neue Züge! Kurz vor dem Sommerschluss fand die Bahn die Bananenschale auf der Strecke: Bombardier kann nicht genug Nahverkehrszüge bieten und Siemens keine neuen ICE, während die alten noch in Schockstarre von den letzten Wintern im Siechtum gammelnd verharren.

Also sagten auf einer Pressekonferenz Verkehrsminister Ramsauer und Bahnchef Grube wie die Blondine: Wir werden scheitern. Am Winter. Nix zu machen. Wir basteln schon an eleganten Schaffnerentschuldigungen. Bek your pardon, sänk you for your underst ändink!

Aber da war doch noch was! Der Sommer, die Klimakatastrophe! Neben dem Winter die »Bananenschale Nr. 2«. »Public enemy of German Bahn!« Bei dreißig Grad fallen die Klimaanlagen aus. Und ehe die dem Hitzetod Entgegenschwitzenden die Scheiben zertrümmern, werden sie auf freier Strecke ins Freie ausgesetzt. Warum war das im Sommer diesmal glimpflich? Ganz einfach, weil wir ihn ausfallen lassen haben, nach der Logik: Keine Banane, keine Bananenschalen.

Nun arbeitet die Deutsche Bahn mit der Hochgeschwindigkeit, die ihren Zügen bald fehlen wird, fieberhaft an dem Projekt 2011/2012: Es heißt: Ausfall des Winters.

Wenn die Chemie nicht stimmt

Vom falschen Max Ernst und dem echten Beltracchi.
Kunstfälscher gehen harten Zeiten entgegen

Wenn eine Liebesbeziehung zu Bruch geht und man sich gar nicht erklären kann, woran das wohl liegen mag, dann flüchtet man sich zu einer quasi naturwissenschaftlichen Erklärung: Man sagt, achselzuckend, offenbar habe die Chemie nicht gestimmt.

Inzwischen hat sich die Chemie so weit entwickelt, dass man mittels DNA herausfinden kann, mit wem Gletschermensch Ötzi verwandt war. Auch Kujau, der Fälscher der Hitler-Tagebücher, wurde nur dadurch überführt, dass er auf falschem Papier schrieb.

Zurzeit steht im erfolgreichsten Fälschungsskandal der Nachkriegsgeschichte Wolfgang Beltracchi vor Gericht. Geboren als schlichter Wolfgang Fischer in Geilenkirchen (der Ort ist keine Fälschung), hat er aus Liebe zu seiner Frau, einer echten Beltracchi, Kunstfälschungen für 16 Millionen Euro begangen, um sich und ihr und ihrer Familie ein Dolce Vita zu ermöglichen. Jetzt, da der immer noch blondgelockte Künstler mit Van-Dyck-Spitzbart vor Gericht steht, fliegen dem »Filou« alle Herzen zu. Auf dem Schlachtfeld um ihn herum stöhnen die Opfer. Dem Auktionshaus Lempertz etwa hat der Maler ein Bild von Campendonk, »Rotes Bild mit Pferden«, als echt verhökert, dem, Ironie der Farbenlehre, nicht das Rot, sondern das Titanweiß zum Verhängnis wurde. Als schwer lädiert steht auch der Max-Ernst-Kenner par excellence, Werner Spies, da, der sieben von Beltracchi gefälschte Max-Ernst-Bilder weitervermittelt hat. Alle millionenteuer, alle per Farbanalyse überführt.

Die Technik zerstört jede Fälscher-Romantik. Großartig geschriebene Doktorarbeiten werden mittels Computer-Suchfunktionen entlarvt, und Kunstsachverständigen macht man einfach ein Titanweiß für ein Rot vor, um sie als farbenblind zu entlarven.

Das Publikum liebt aber die in Kunst- und Frauenliebe entflammten Künstler, vor allem wenn sie wie Beltracchi so lange Locken wie Dürer tragen. Hildesheimers ironischer Fälscherroman »Das Paradies der falschen Vögel«, der größere Sympathien für den Nachmaler als für die Gelackmeierten aufbrachte, spielt noch in der glücklichen Zeit vor dem Lackmus-Test.

Die Margarine, bitte

Freud'scher Versprecher – oder was Kanzleramtsminister Ronald Pofalla seinem Parteifreund
Wolfgang Bosbach eigentlich sagen wollte

Heute möchte ich aus gegebenem Anlass und gutem Grund erklären, was ein Freud'scher Versprecher ist, ein »Freudian slip« wie unsere angelsächsischen Freunde sagen. Also, etwas drückt und presst uns so, dass wir es nicht auszusprechen wagen, aber dann drängt es sich doch ans Tageslicht. »Trauring, aber wahr«, zitiert Freud in seiner Witztheorie einen frischverheirateten Mann.

Dazu eine (englische) Geschichte: In einem Pub sitzen eine Handvoll Freunde nach der Arbeit beim Bier, bevor sie den Weg nach Hause in die Ehe und Familie suchen. Einer will für alle fünf am Tresen Fritten bestellen und kommt zu seinen Stammtischbrüdern zurück. Verstört! »Stellt euch vor«, sagt er zu seinen Kumpeln, »als ich die Fritten bestellte, sah ich die Kellnerin, mit soooo 'nem Busen.« Er streckt den Arm zur Demonstration weit nach vorn. »Und da höre ich mich zu meinem Entsetzen sagen: ›Ich möchte fünf Portionen T… ja, Titten.‹« Darauf tröstet ihn ein Freund: »Eine typische freudsche Fehlleistung. Ist mir neulich beim Frühstück auch passiert. Ich will zu meiner Frau sagen: ›Liebling, kannst du so lieb sein und mir die Margarine rüberreichen?‹ Zu meinem Entsetzen höre ich mich aber sagen: ›Du fette alte Schlampe, du hast mein Leben ruiniert!‹ Typisch freudscher Versprecher!« Frauenfeindlich? Das geht auch umgekehrt. Sagt eine Freundin zur anderen: »Viele Frauen finden ihren Po zu dünn, andere ihren Hintern zu dick. Aber ich finde meinen Arsch genau richtig. Sonst hätte ich ihn ja nicht geheiratet.«

Heute heißt die freudsche Fehlleistung Tourette-Syndrom, zwanghaftes Ferkeln mit Worten. Schon Mozart befreite sich in den »Bäsle-Briefen« vom Sauigeln. Nach dem Vorbild von Milos Formans »Amadeus« haben viele Filme heute Tourette-Helden. Wir sind bei Pofalla, beim Kanzleramtsminister. Ihm ging der Parteifreund Wolfgang Bosbach so auf die Nerven, ja sozusagen fast auf den Sack, weil er nicht für den Griechenland-Schirm stimmen wollte. Gewissen und so, man kennt das. Und Pofalla wollte zu ihm sagen: »Ich verstehe, dass du eine abweichende Meinung hast. Ich bin Demokrat und billige das auch. Fraktionszwang hin, Parteidisziplin her!«

Stattdessen sagt er, typisch Freud, typisch Tourette-Syndrom: »Ich kann deine Fresse nicht mehr sehen, du redest nur Scheiße!« Er hat sich entschuldigt. Er hat gesagt, er habe zu Bosbach eigentlich sagen wollen: »Kannst du mir freundlicherweise die Margarine reichen, lieber Parteifreund?« Dazu eine Regel aus dem Politiker-Knigge: Sch… sagt man nicht, Sch… schreibt man nicht. Scheiße denkt man nur. Und zu Po-falla fällt mir ein, wie wir als Kinder im-po-sant steigerten: im Po Sand, im Hintern Kalk, im Arsch Zement.

Sein oder nicht von ihm?

Im Kino wird »Hamlet« von einem »Anonymus«
geschrieben. Wie Roland Emmerich Shakespeare
von seinen Dramen enteignet

»Sein oder Nichtsein?« Die berühmte Frage im berühmtesten Theatermonolog der Welt, dem Hamlet-Monolog, lässt sich auch nach dem Autor als Verfasser stellen. Allerdings nur im Deutschen, wo »To be or not to be« neben »Existieren oder Nicht-Existieren« auch »Von ihm oder nicht von ihm« heißen kann. Possessivpronomen. Ist Shakespeare wirklich drin, wo Shakespeare draufsteht?

Von Shakespeare sind unter seinem Namen 38 Dramen (Komödien, Tragödien, Historien), zwei Vers-Epen und 154 Sonette überliefert, die teils verliebt an einen jungen Mann, teils an eine geheimnisvolle »schwarze Dame« gerichtet sind.

Vom Leben des Autors weiß man wenig, so gut wie gar nichts. Handschriftlich gibt es ein paar krakelige, ungelenke Unterschriften.

Er ist Handwerkersohn von analphabetischen Eltern, besuchte nur eine Grammar School in Stratford-upon-Avon, seine Kinder sollen wieder weder des Lesens noch des Schreibens kundig gewesen sein. In seinem Testament vermacht er seiner Frau sein »zweitbestes Bett«, weder Buch noch Skript. In den letzten Lebensjahren zieht er sich von London als Makler und Geschäftsmann in die Anonymität zurück.

Kann das der Autor der gewaltigsten, klügsten, gebildetsten, sprachmächtigsten Werke der Weltliteratur gewesen sein? Der intime Kenner höfischen Lebens und königlicher Intrigen? Der Dramatiker, der über Verona und Venedig schrieb, ohne je in Italien gewesen zu sein?

Die Frage stellte man allerdings erstmals zweihundert Jahre nach seinem Tod. Bis dahin war Shakespeare unangefochten Shakespeare. Gespielt wie gedruckt. Von 1850 an war bald der Gelehrte Sir Francis Bacon, bald Shakespeares im Wirtshausstreit jung erstochener Kollege Christopher Marlowe der heimliche Autor.

Rund fünftausend Bücher gibt es inzwischen über den wahren Autor, der nicht Shakespeare sein kann.

Favorit zurzeit ist Edward de Vere, 17. Earl of Oxford, Hofmann und Günstling der Königin Elizabeth. Er ist der tragische Held in Roland Emmerichs grandiosem Theaterspektakel, dem Film »Anonymus«, der jetzt auf der Frankfurter Buchmesse vorgestellt wurde. Und Shakespeare? Ist ein eitler, erpresserischer Schwätzer, der nicht einmal schreiben kann.

Shakespeare nicht von Shakespeare?

Nach einer besonders scheußlichen Hamlet-Inszenierung in London schlug vor Jahren ein Kritiker vor, Shakespeares Grab in Stratford zu öffnen. Habe er sich im Grabe umgedreht, sei er mit Sicherheit der wahre Autor.

Frauen sind auch nur Männer

Alles schon mal da gewesen – wie sich Merkels
Ministerinnen-Riege um die Quotenregelung in
deutschen Vorstandsetagen streitet

Als notorischer Frauenversteher zitiere ich gern und immer wieder Nestroys Seufzer, dass die Frauen es gut haben. Weil sie nicht rauchen und nicht trinken. Und: Weil sie auch noch »selber Frauen« sind. Deshalb wehren sich Vorstände, Aufsichts- und Betriebsräte gegen Frauenquoten. Sie möchten rauchen, trinken, schmutzige Lieder singen und nach Budapest oder Rio zu gemischtem Fremdbaden fahren. Da können Frauen und Quoten nur stören. Männer lieben Hahnenkämpfe, Hirschbrunft, Geweihduelle und Testosteron-Spiegelungen. Eben Wein, Weib und Gesang.

Nun aber muss ich mal was Böses über Frauen sagen. Entschuldigung! Ausgerechnet über die Quotenregelung in Vorstandsetagen ist es zu einem ganz schönen Zickenkrieg zwischen Familienministerin Kristina Schröder, Sozialministerin Ursula von der Leyen und Justizministerin Sabine Leutheusser-Schnarrenberger gekommen. Wenn man sich die Fotos ansieht, wie feindselig sich die Streithennen angucken, weiß man, da ging es ganz schön stutenbissig her. Frauen in Machtpositionen sind auch nur Männer.

Die Sache ist nicht neu. Schon die drei höchsten griechischen Göttinnen, Hera, Gattin des Zeus, Pallas Athene, Göttin der Weisheit, und Sexgöttin Aphrodite wollten vom schönen Hirtenprinzen Paris wissen, wer von ihnen die Schönste sei. Zur Belohnung für sein Votum versprach ihm Hera Macht, Athene Ruhm und Weisheit und Aphrodite das schönste Weib auf Erden. Der triebgesteuerte Trojaner Paris ließ sich von der Liebesgöttin Aphrodite bestechen und kriegte Helena, die leider schon mit Menelaos verheiratet war. So wurde der Griechenkönig gehörnt, und aus dem Zickenkrieg wurde der Trojanische Krieg. Wenn wir übrigens heute von »Trojanern« sprechen, meinen wir natürlich Griechen, die nicht als Computerviren in Geräte, sondern die in ein hölzernes Trojanisches Pferd gekrochen waren. Immer diese Griechen!

Auch bei den alten Germanen ging es nicht anders zu. An der Kirchentreppe von Worms stritten sich Kriemhild, Schwester von König Gunther und Frau von Siegfried, und Brunhild, Frau des Königs, um den Vortritt zur Sonntagsmesse. Als Brunhild nicht nachgeben wollte, verriet ihr Kriemhild süffisant, dass in Wahrheit ihr starker Mann Siegfried sie in der Hochzeitsnacht defloriert habe. Damit hatte der dumme Kerl auch noch zu Hause geprahlt. Folge auch hier ein fürchterliches Gemetzel und ein Krieg um die Frauenquote.

Nun könnte man sich beruhigt zurücklehnen und sagen: Auch Frauen sind nicht besser. Aber es gibt einen Haken bei der Geschichte: Alle diese Mythen und Legenden haben sich höchstwahrscheinlich Männer ausgedacht.

An den Haaren herbeigezogen?

Von Schönfärbereien und dem richtigen Tönen:
Wenn auch Männer attraktiver sein wollen, als sie
eigentlich sind

Jetzt, im Herbst, verfärben sich nicht nur die Blätter. Kürzlich, als sich unsere Wege einer Lesereise in Hessens Wetterau kreuzten, wurde mir ein Bonmot von Jan Weiler nacherzählt, der sich auf den Kopfschmuck des hessischen Ministerpräsidenten Volker Bouffier bezog. Es geht so: Bouffier sehe so aus, als ob er über der Perücke noch ein Toupet trüge. Das ist gut beobachtet, aber sicher nicht wahr.

Mir fiel nur die Frage ein: Und über die Farbe sagte Weiler gar nichts? Die ist von jenem abenteuerlichen Blond, das bei Frauen an jedem rot schimmernden Scheitelpunkt verrät, dass es sich um keine echte Blondine handelt und man daher auch keinen Blondinenwitz über sie reißen darf. Bei Bouffier, der Anwalt ist, erinnert die Farbe eher an den Bonvivant-Beruf, den man in Hessen als Ministerpräsident bestenfalls beim Küssen von Weinköniginnen ausüben kann.

Jetzt hat der Anwalt ohne Not und ohne Druck von außen gestanden. »Ja, ich färbe meine Haare. Ich mache das auf Anraten meiner Frau. Eigentlich bin ich grauer.« Hinter jedem tüchtigen Mann steckt eine tatkräftige Frau, lautet die Regel. Und: »Grau ist alle Theorie und Grün des Lebens goldener Baum«, heißt es bei Faust, der auch jünger aussehen wollte, von dem aber über Haarverfärbungen nichts berichtet wird.

Sieht man auf Farbfotos das Kupfergold des in Skalpnähe ins Grünliche schimmernden Haupthaars des hessischen Ministerpräsidenten, so weiß man, wie recht Goethe mit seiner Farbenlehre hatte. Und wie klug beraten Bouffier ist, etwas zu gestehen, noch ehe er überhaupt angeklagt worden ist. »Ja, ich lasse tönen«, tönte er im Unterschied zu Ex-Bundeskanzler Schröder, der es für nötig befand, die Behauptung einer Stilberaterin, er färbe sich die Haare, gerichtlich untersagen zu lassen.

Seit der Zeit gönnte ich mir das Vergnügen, wenigstens solange der Putin-Freund noch nicht Ex-Kanzler war, jedes Mal zu schreiben: »Schröder, von dem man nicht behaupten darf, dass er sich die Haare färbt.« Das klebt wie Pech, um nicht zu sagen, wie Schwarzkopf an der Person.

Im Zusammenhang mit Bouffier tauchte in meiner Erinnerung und in Presseberichten der auch unnachahmlich blonde Ex-Bürgermeister von Hamburg, Ole von Beust, auf. Hatte er bei seinem beneidenswert intakten Haupthaar, das Jan Weiler sicher auch an ein Toupet oder an eine Perücke erinnert hätte, farblich nachgeholfen? Wen juckt's noch!

Vor geraumer Zeit – oder, um es stilgerecht zu sagen: Lang, lang ist's hair – dichtete Oscar Wilde über die plötzliche Trauer einer Witwe: »Die hochadelige Lady ist beim Tod ihres Gatten über Nacht vor Kummer erblondet.« Eine lustige Witwe sozusagen.

Milliarden-Monopoly

Wer hat sich nicht schon mal verrechnet? Im Herbst der Finanzkrise kommt es auf ein paar Nullen mehr oder weniger nicht mehr an

In irgendeinem Jahr, am 25. Oktober, schrieb der österreichische Arzt, Schriftsteller und Dramatiker Arthur Schnitzler seinem deutschen Verleger Samuel Fischer einen Brief, in dem es um Tantiemen für eine Theateraufführung in Deutschland ging. Und das las sich so: »Lieber Freund, ich erhalte Ihre Abrechnung vom 18. Oktober über eine Milliarde 356 Millionen Mark, dazu über weitere 5 Milliarden 540 Millionen M. als bis heute eingegangene Beträge. Das wären also die nach 1. Oktober eingelaufenen Tantiemen …« Was für ein Traumhonorar. Gigantisch! Dagegen nehmen sich Michael Jacksons Tantiemen für seine geplante letzte Tournee wie, um mit der Deutschen Bank zu sprechen, als »Peanuts« aus. Des Rätsels und des Wahnsinns Lösung: Das Geld war Inflationsgeld aus dem Jahr 1923. Wert war der ganze Milliardenschrott fünf Goldmark der »guten alten Zeit«. Bald darauf machte der deutsche Staat Pleite, Bankrott.

Heute galoppiert nicht das Geld in das Inflationsfieber, heute tun das Spekulanten, aber nicht mit wertlosem Papier, nicht mit Monopoly-Geld, sondern mit echter harter Währung. Mit Dollar, Pfund, Euro. So setzte ein Händler, ein einzelner Händler der UBS, der solidesten Schweizer Bank, die einen Ruf wie einst Fort Knox hatte, satte zwei Milliarden in den Sand. Müsste er das Geld abzahlen, würde er wahrscheinlich im Jahr 3150 n. Chr. noch abstottern müssen. Die UBS meinte entrüstet und beruhigend, eigentlich hätte der Londoner Angestellte »nur« eine zweistellige Millionensumme in eigener Verantwortung vergeigen dürfen. In Wort und Zahl, maximal also 99 Millionen darf er in den Wind schießen.

Noch abenteuerlicher wird es, wenn wir erfahren, dass die unter dem Rettungsschirm der Bundesregierung stehende Hypo-Real-Estate-Bank dem Staat durch einen Buchungsfehler eben mal 55 Milliarden Euro zu hohe Schulden zugemutet hat. Hoppla! Jetzt ist mit einem Schlag Deutschland um 55 Milliarden reicher – oder um 55 Milliarden Schulden ärmer, je nachdem, wie man sich verrechnet! Da Europa bei Hebeln und Schirmen nur noch in Billionen denkt, sind das auch nur Peanuts. Oder ein halbes Jahr für Griechenland. Oder ein Monat für Italien. Oder so ungefähr!

»Nur die Lumpe sind bescheiden«

Millenniums-Bambi für den Altkanzler.
Von Lobesworten, die eine Nummer zu groß,
und Auszeichnungen, die viel zu klein sind

Als Helmut Schmidt, der letzte und älteste noch rauchende Vulkan der deutschen Politik, am Donnerstagabend den Bambi entgegennahm (der Bambi ist, wie das Geld nach Bankerweisheit übrigens auch, ein scheues Reh), da bedankte er sich artig und mit der ihm eigenen knarzigen Zurückhaltung: Die Lobesworte, die er zu hören bekommen habe, erschienen ihm »eine Nummer zu groß«.

Es klang aber aus dem Mund des abgeklärten Altkanzlers so, als wollte er eigentlich sagen, nicht die Worte seien eine Nummer zu groß, sondern eher der Bambi einige Nummern zu klein für ihn. Und da hat er recht, denn obwohl es für ihn der Millenniums-Bambi (im Zeitalter der inflationären Worte und Summen ein weiteres Mega-Wort) war, so teilte er ihn doch beispielsweise mit einem Künstler wie Bushido, der eher die Straßenköter-Version des Rappers darstellt. Schmidt hatte mit seinem Stolz, der aus der Bescheidenheit sprach, recht. Der Alte weiß mit Goethe: »Nur die Lumpe sind bescheiden.« Und der Bambi ist, bei aller goldigen Reh-Äugigkeit, kein Friedensnobelpreis – noch dazu für einen Mann, der mit markigen Sätzen wie »Er kann es!« künftige Kanzlerkandidaten salbt und segnet.

Mir fiel dazu die Geschichte ein, die Johannes Rau einst über den amtierenden Kanzler Schmidt kolportierte. Ich verdanke sie Eckart von Hirschhausen bei einem gemeinsamen Witzeabend.

Also: Schmidt muss als Zeuge vor Gericht aussagen, wird nach seinem Beruf gefragt und antwortet: »Größter Weltökonom und bedeutendster Kanzler seit Bismarck.« Anschließend, nach Ende der Zeugenaussage, fragt er seinen damaligen Regierungssprecher Klaus Bölling, wie denn sein, Schmidts, Auftritt vor Gericht gefallen habe. Der druckst ein bisschen verlegen und stammelt auch ein wenig, als er sagt, es sei ja schon alles sehr gut und schön gewesen, aber das mit dem Beruf, das sei ihm doch ein wenig übertrieben und zu dick aufgetragen gewesen.

Darauf schaut ihn der Kanzler mit seinem energischen Blick an, nickt und sagt: »Da haben Sie vollkommen recht. Das habe ich ebenso empfunden. Aber was sollte ich machen? Ich stand schließlich unter Eid!«

Getrennt leben, vereint schlafen

Wenn Politiker lakonisch und platonisch sprechen.
Oskar Lafontaine und seine neue Liebe

»Ich lebe getrennt.« Dieser Satz von Oskar Lafontaine schlug wie eine Bombe ein. Zwar nicht in die politischen Schlagzeilen, sondern in die Klatschspalten des Boulevards. Aber immerhin. »Ich lebe seit einiger Zeit getrennt und bin seit einiger Zeit mit Sahra eng befreundet. Mehr hab ich dazu nicht zu sagen.« Rums!, das saß. Fast so Thema Nummer eins wie die verzweifelte Suche einer verstörten TV-Gemeinde nach dem Gottschalk-Nachfolger. Der politische Marktschreier Lafontaine auf einmal zartbitter wie Schokolade.

Wobei Sahra W. nach dem spröden Geständnis Lafontaines (»eng befreundet«) dem Ex-Napoleon von der Saar zärtlich ein Haar vom Anzugrevers zupfte, eine Geste, vielsagender als tausend Worte (»tausendundeine Nacht, und es hat boom gemacht«). Dabei ist der Satz »Ich habe mich getrennt« eigentlich Quatsch. Ich kann mich von mir nicht trennen, es sei denn, ich bin gespalten, schizo. »Wir haben uns getrennt«, müsste es heißen, oder »ich mich von meiner Frau«. Meine Frau und ich. Und zwar »wovon« getrennt? Von Tisch und Bett, das Tischtuch zerschnitten und das Bett zersägt. Schon wird kolportiert, dass er und sie bei Ikea Betten kaufen. Wobei ihr Noch-und-immer-weiter-Ehemann von ihr getrennt in Irland lebt. »Platonisch nah«, wie er im Internet der Welt kundtut, »haben wir eine andere Form der Liebe gefunden, die auch Oskar einschließt.« Na denn! Normalerweise entfernt man sich von seiner in Deutschland tätigen Frau nach Irland weniger aus platonischen als aus steuerlichen Gründen. Auch wenn der platonische Oskar mit der Reichensteuer erst noch droht.

Und ganz politisch stramm links räumt der Irland-Emigrant ein: »Hätte sie mir gesagt, ihr Schwarm … sei Helmut Kohl, dann hätte ich mich mit meinem Luftgewehr erschossen.« Das hat Art, links, wo das Herz schlägt!

Trotzdem, rein sprachlich bleibt »Ich habe mich getrennt« platonisch und unvollendet. So wie der Satz von Philipp Rösler, der für die FDP versprach: »Jetzt wird geliefert!« Auch das ohne wem oder was. Einfach so. Die Folge davon: Die FDP ist geliefert. Zurzeit bei zwei Prozent. Da bleibt dann auch nur: getrennt leben. Von sich und Bett.

Kennen Sie den?

Hellmuth Karasek erzählt seinen Lieblingswitz.
Fährt der Papst am Steuer eines großen Autos
durch Kanada …

Soll das ein Witz sein?, fragt »Abendblatt«-Kolumnist Hellmuth Karasek im Titel seines neuen Buches. Hier erzählt er auch die folgende Geschichte vom Papst am Autosteuer. »Er ist und war und bleibt mein Lieblingswitz.«

Der Papst macht einen Staatsbesuch in Kanada. Zum Abschluss lädt ihn die Regierung zu einer kleinen Rundreise ein. Am nächsten Morgen holt ihn ein Chauffeur zu einer Reise durch den Osten Kanadas ab. Wälder, Seen, Weiten.

Der Papst ist sehr beeindruckt. Nachdem sie einige Stunden über die Highways gefahren sind, rutscht der Papst unruhig auf seinem Sitz im Fond des Tourenwagens hin und her. Dann wendet er sich an seinen Fahrer: »Ach, ist das beeindruckend hier! Schön!! Und die Weiten! Ach ja«, der Papst seufzt, »Sie wissen ja, ich bin nicht nur ein begeisterter Skifahrer, sondern auch ein leidenschaftlicher Autofahrer. Und Sie wissen ja«, wieder seufzt Seine Heiligkeit, »der Kirchenstaat ist eng. Kaum Raum und Platz zum Autofahren. Ich habe daher eine Frage, eine Bitte. Würde es Ihnen etwas ausmachen, für eine Weile mit mir zu tauschen? Ich würde den Wagen gern selbst durch die Weite Kanadas chauffieren!« Natürlich ist der Fahrer einverstanden. Die beiden tauschen die Plätze. Der Papst sitzt vorn, der Chauffeur auf dem Rücksitz. Sie fahren los.

Plötzlich werden sie von einer Polizeistreife gestoppt.

Der Papst öffnet sein Fenster, der Polizei-Sergeant schaut ihn an, dreht sich um und geht zu seinem Streifenwagen zurück. Von dort aus ruft er seine Polizeistation an:

»'tschuldigung, Lieutenant, ich habe da einen Wagen gestoppt. Geschwindigkeitsüberschreitung!«

»Warum rufen Sie mich deshalb an?«, bellt der Lieutenant durch den Hörer. »Verpassen Sie ihm doch einfach einen Strafzettel!«

»'tschuldigung, Lieutenant, aber ich glaube, der Wagen gehört zu einem hohen Tier!«

»Nun«, knurrt der Lieutenant am anderen Ende der Leitung, »ist der höher als ich?«

»'tschuldigung, ich glaub schon, Lieutenant«, sagt der Sergeant höflich.

»Hm«, knurrt der Lieutenant, »hm. Ist der höher als der Polizeiminister in Ottawa?«

»'tschuldigung, Sir«, sagt der Polizist, »ich glaub schon!«

»Wer zum Teufel ist es denn?«, bellt der Lieutenant durch das Telefon.

»Keine Ahnung«, antwortet ihm der Sergeant. »Aber der Papst ist sein Chauffeur.«

Geld wie Kraut und Rüben

Schotts neues Sammelsurium ist festgerecht
erschienen – für alle, die wissen wollen, wie viel ein
»Ich liebe dich« in Euro wert ist

Soeben ist der neueste »Schott« erschienen, wie immer zur rechten Zeit. Sie wissen, »Schotts Sammelsurium«, das ist der Flohmarkt unter den Lexika, ein hochinteressantes Nachschlagewerk allen überflüssigen Wissens, das noch dazu nicht einmal alphabetisch oder sonst wie geordnet ist, Krimskrams und Schnickschnack, erlesenster Nonsens, durcheinander wie Kraut und Rüben – und das auch noch in einer Zeit, in der es eigentlich keine Nachschlagebücher mehr gibt, dank Google oder Wikipedia.

Diesmal, es ist schon der siebte Band dieses Kultbuchs für Spleenige und Sonderlinge, handelt es von »Geld und Wirtschaft«. Wovon sonst?! »It's the economy, stupid!«, wie Präsident Clinton einst trefflich sagte. »Geld bewegt die Welt, Dummchen!«, könnte man, muss man aber nicht, übersetzen. Im neuen Schott stehen köstliche Dinge über den Geiz. Zum Beispiel über den Ölmilliardär Getty, der in seiner Villa Telefonzellen installieren ließ, damit seine Gäste nicht umsonst, also auf seine Kosten, telefonieren konnten. Mit Handy wär das nicht passiert! Und so schöne Sätze wie Picassos Wunsch: »Ich würde gerne leben wie ein armer Mann mit einem Haufen Geld!« Die Quadratur des Kreises! Erinnert stark an Nestroys Seufzer: »Die Phönizier haben das Geld erfunden! Aber warum so wenig?«

Natürlich registriert Schott auch innere Werte. Gemeint sind nicht Leberwerte oder Unterzuckerung oder

Überfettung, Bluthochdruck und Schweißausbrüche bei Börsenkatastrophen. Nein, ein Team britischer Autoren (Achtung! Wieder Spleen!) hat versucht, ideelle Werte wie Gesundheit oder harmonische Partnerschaft (also ein Fremdwort für Ehe) zu errechnen und mit Glücksgefühlen bei Lottogewinnen zu vergleichen. Hier Beispiele aus der Preisliste: »Ich liebe dich« hören: 192 126 Euro, »Zeit mit der Familie«: 128 192 Euro. »Lachen«: 125 840 Euro. Und »Sex«: 122 565 Euro.

Bei »Sex« steht ein Fußnotenzeichen (ein altmodisches Kreuz), und die Fußnote lautet: »Bei Männern Rang drei, bei Frauen nicht einmal unter den Top Ten!« Na dann! Glückliche Weihnachten! Urlaub bringt 106 895 Euro, Ruhe 104 646 Euro. Leben in Frieden 150 801 Euro. Man darf es nur nicht in faule Papiere (Griechenland, Italien, Spanien etc.) anlegen. Oder, wie Loriots Großvater unter dem Christbaum sagt: »Früher war mehr Lametta.«

Alles und auch Hochdeutsch

Slogans in eigener Sache: Werbeprofi und Ex-Agentur-
chef Sebastian Turner will als Oberbürgermeister ins
Stuttgarter Rathaus einziehen

28. Januar 2012

»Mo gosch na?« – »In d' Schul.« – »Mo gosch no na?« –
»Widr hoim.« – »Mo gosch no no na?« – »Schwimme.«

Das ist weder Finnisch noch Kisuaheli, sondern Schwäbisch und heißt übersetzt: »Wo gehst du hin?« – »In die
Schule.«   »Wo gehst du danach hin?« – »Wieder nach
Hause.« – »Wo gehst du danach noch hin?« – »Schwim-
men.« Wie gesagt, Schwäbisch, allerdings nicht das Hono-
ratioren-Schwäbisch, das in der Landeshauptstadt Stuttgart
gesprochen wird, die man sich ohne die Zahl 21 nicht mehr
vorstellen kann. Es ist einigermaßen lautgetreu wiederge-
geben, wobei das O nicht wie in »Ohr« klingt, sondern
wie beim »Krombacher Bier«, wenn vor Fußballspielen
Werbung gemacht wird. Warum ich darauf komme? Weil
der in Berlin lebende Werber Sebastian Turner sich um
das Amt des Stuttgarter Oberbürgermeisters bewirbt. Das
Werbegenie der Agentur Scholz & Friends hat nicht nur
den unschlagbaren Slogan für die »FAZ«: »Dahinter steckt
immer ein kluger Kopf«, erfunden, sondern eben auch das
stolze Bekenntnis für seine künftige Heimathauptstadt:
»Wir können alles – außer Hochdeutsch.«

Turner kann Hochdeutsch, aber auch Schwäbisch,
denn er ist in Stuttgart aufgewachsen, hat dort noch eine
Wohnung, und seine Frau hat in Ludwigsburg an der Film-
akademie studiert. Turner ist demnach ein zweisprachiges
Genie, wahrscheinlich eher dreisprachig, da er in den USA

studiert hat, sodass man versucht ist, ihn »Törner« auszusprechen. Sein Vater, Professor »Schordsch Törner« alias George Turner, der aus Ostpreußen stammt und sich also »Turner« wie Leibesüber ausspricht, war Berliner Wissenschaftssenator. So schließt sich der Kreis.

Ende der sechziger Jahre war Vater Turner Professor in Stuttgart, wo Thaddäus Troll seinen durchschlagenden Bestseller »Deutschland, deine Schwaben« schrieb, der das schwäbische Wesen, das »Bruddeln« (in Berlin würde man sagen: »Meckern«), die »knietze Bauernschläue« und die an die Schotten gemahnende Sparsamkeit der Schwaben den Restdeutschen vermittelte. Der kleine Sebastian Turner war da in der besten Schule. Er putzte Thaddäus Troll, der mit richtigem Namen der seriöse Theaterkritiker Hans Bayer war, die Schuhe und erhielt – ein typisch schwäbisches Geschäft – zum Lohn Fußballbücher, wahrscheinlich Rezensionsexemplare. Prompt gründete Turner am Stuttgarter Karlsgymnasium, der schwäbischen Eliteschule, eine Schülerzeitung, die zur besten Deutschlands gewählt wurde. Dahinter steckte er bereits damals als »kluger Kopf«. Ob er da schon außer Schwäbisch Hochdeutsch konnte, weiß ich nicht. Sicherlich aber kannte er das schwäbische Toleranzedikt: »So isch's na au widr.«

Jetzt kann der Werber, der sich um Stuttgart für die CDU bewirbt, für sich selber werben: »Ich kann auch Hochdeutsch.« Was ihn von den Ministerpräsidenten Oettinger, Späth, Kretschmann, Teufel und dem OB-Vorgänger Manfred Rommel unterscheidet. Die alle konnten nur Schwäbisch.

In Stiefmuttersprache

Eine Art königliche Legasthenie: Friedrich der Große schrieb ein »ohnmöchliches« oder »ohn-mögliches« Deutsch

In der Flut der Literatur, die sich zum 300. Geburtstag Friedrichs des Großen bis zum 24. Januar auf dem Buchmarkt ausbreitete, war für mich ein schmaler Band der interessanteste, die Novelle von Hans Joachim Schädlich »Sire, ich eile« (Untertitel: »Voltaire bei Friedrich II.«). Schädlich, der große erzählende Chronist der zu Ende gehenden DDR und unter anderem Autor einer bewegenden Novelle über den Tod Winckelmanns in Italien, hat – gar nicht nebenbei – einen großen Romantext über eine Geheimdienstfigur geschrieben.

In der Friedrich/Voltaire-Novelle schildert er mit dokumentarisch belegter Präzision in knappen, gehämmerten Sätzen die Gefühle, Eitelkeiten, Zuneigungen und Enttäuschungen im Leben Voltaires am preußischen Hof. Friedrich, der Voltaire schon als Kronprinz verehrte, rief ihn aus Frankreich ins kalte, karge Brandenburg. Die Beziehung endete in einer schrecklichen Enttäuschung.

Als Voltaire aus Angst um Leib und Leben aus Potsdam nach Frankreich flüchtete, wurde er auf Friedrichs Geheiß in Frankfurt am Main arretiert und seiner Aufzeichnungen beraubt, ehe er weiterreisen konnte. Die Geschichte ist bekannt, Schädlich versteht es dennoch, sie als eine spannende Dreiecksgeschichte zwischen dem König, Voltaires gescheiter Lebenspartnerin Émilie du Châtelet und Voltaire zu erzählen. Ein Stück Geistesgeschichte zwischen Macht und Aufklärung sowie den Intrigen der Eitelkeit und Eifersüchteleien am Hohenzollern-Hofe.

Für mich am aufregendsten waren die herbeizitierten deutschen Briefe des Königs an seinen Kammerdiener Michael Fredersdorf. Die Fakten: Fredersdorf war dem König der Liebste und Vertrauteste, zumindest neben seinen Windspielen, und er litt an Hämorrhoiden. Der König, der sonst nur französisch schrieb, dachte und las, musste seine Besorgnis in dem ihm ungeliebten und fremden Deutsch zu Papier bringen:

»Es ist Sehr unangenehm, Krank zu seindt und zu leiden, aber wenn Kein ander Mitel, als gedult, so mus Man es doch ergreifen! Du wirst gewise beser werden und in erträglichere umbstände Komen. allein wenn Du bei Deinem paroxismus einmahl hitzige medecine einnimmst, so ist es aus und Kann Dier Keiner helfen. habe mehr gedult, und nehme mahl 3 monaht nichts, als wenn es Cothenius guht findet. ich wette, Du wirst weiter Kommen, als wie mit alle die neue Docters. so wie es ohnmöchlich ist, daß eine Kirsche in einen Tag blühet und reife wirdt, so ohnmöglich Kann man Dihr in 4 Wochen gesundt machen … Fch«

Voilà! Selbst wenn wir uns vor Augen halten, dass Konrad Dudens Rechtschreibung zu jener Zeit noch sehr weit entfernt war, und wenn wir uns erinnern, dass Goethes verehrte Mutter ein ähnliches orthographisches Kauderwelsch schrieb, ist diese Mischung aus edler Besorgnis und elender Deutschkenntnis doch einmalig auf einem deutschen Thron.

Es ist eine Art herrscherliche Legasthenie, die uns aus dem Spiegel des preußischen Herrschers anfällt. Nicht Muttersprache, sondern Stiefmuttersprache. Und tut ihm doch keinen Abbruch.

Zu jung oder zu alt

Heinrich Lübke, Horst Köhler, Christian Wulff.
Woran drei Bundespräsidenten in Wahrheit
scheiterten

Drei der bisherigen zehn deutschen Bundespräsidenten nach 1949 sind mitten in ihrer Amtszeit gescheitert. Früh oder spät, aber immer mit einem tragischen Fall.

Der erste, Heinrich Lübke 1969, weil er am Ende zu alt war. Er scheiterte an seiner Demenzerkrankung, die die Öffentlichkeit zu spät erkannte – gnadenlos wurde er mit Hohn und Spott über seine scheinbaren Trotteligkeiten überkübelt.

Der zweite, Horst Köhler 2010, weil er sich auf einmal, wie in Panik, in der Leere seiner zweiten Amtszeit für zu alt hielt.

Jürgen Trittin, ohnehin ein trauriger Held makaberklammheimlicher Scherze, hatte ihn hinter kaum vorgehaltener Hand mit Lübke in Vergleich gesetzt.

Der dritte, Christian Wulff, ist jetzt gescheitert, weil er sich für zu jung hielt. Nicht als Präsident, da schleppte er die Sünden seiner Midlife-Crisis-Eskapaden ins Bellevue mit. Es haperte an der »Was-kostet-die-Welt-Attitüde« aus dem niedersächsischen Ministerpräsidentenleben nach den Frustjahren einer zähen Oppositionskarriere. Im Amt des Ministerpräsidenten in Hannover angekommen, von seinem Vorgänger Gerhard Schröder lange gedeckelt und auf Opposition gehalten, wollte er auf einmal alles: neue Frau, neues Glück, neues Haus, Glanz und Gloria, Film, Filz und Fernsehen, Oktoberfest und Sylt-Party.

Und er hatte auf einmal alles – nur nicht das Geld, alles zu bezahlen. Da verkümmerte der Verschwender, der seiner neuen schönen glamourösen Frau die Welt zu Füßen legen wollte, zum Schnorrer.

Er war klamm im Beutel, aber groß im Nehmen. Zwar war es nur »hier ein bisschen und dort ein wenig«. Er feierte die Party nach dem Motto: Buy now, pay later. Alles: With a little help from my friends.

Neue Freunde, alte Freunde, die rechnen konnten. Auch mit ihm. Wer auf Pump lebt, muss fünfe gerade sein lassen können. So schummelte und schlitterte der junge Frischverliebte durch Scheidung, Schulden, neue Freunde.

Welchem der alten Präsidenten der Bundesrepublik hätte man schon einen Babysitter, ein Bobbycar oder ein anonymes Liebesnest in einem Luxushotel oder ein Handy für heimliche SMS zuschustern müssen?

Irgendwann gingen dem Forever-young-Präsidenten die Augen auf, wurden sie ihm durch Journalisten geöffnet.

Und wie es immer geht: Man wird nicht bei der Tat erwischt, sondern bei den späteren panischen Versuchen, die Spuren zu beseitigen. Als die Hotelrechnungen des Frischverliebten von 2007 verschwinden sollten, sah er plötzlich alt, uralt aus. Und musste seinen Abschied nehmen.

Im Märzen der Bauer

Wie im Frühjahr der alljährliche Zeitraffer uns in schwindelnden Trab setzt. »Von nun an geht's bergab«

In der letzten Woche, als mich der Gedanke »Du musst langsam deine Glosse vorbereiten!« zu unchristlich früher Stunde aus dem Schlaf scheuchte, fiel mir unabweislich ein Kinderlied ein, bruchstückhaft zuerst, dann fand es in der Erinnerung seine Form:

»Im Märzen der Bauer die Rösslein einspannt. / Er setzt seine Wiesen und Felder instand. / Er pflüget den Boden. / Er egget und sät. / Und rührt seine Hände frühmorgens und spät.«

Komisch, dachte ich, nachdem die erste Strophe in der Erinnerung angekommen war, an das Lied hast du mindestens seit fünfzig Jahren nicht mehr gedacht! Es war verschwunden. Weggesackt im Vergessen.

Und dann überlegte ich, dass wahrscheinlich der plötzliche brutale Wintereinbruch im Februar daran schuld war, der sich gerade mit letzten Nachtfrösten wieder verabschiedete. Und dann fragte ich mich im Halbschlaf, ob Kinder wohl heute noch das Verb »eggen« verstehen und sich das zugehörige Substantiv »die Egge« noch richtig vorstellen können.

Und dass es »Rösser« nur noch gibt, wenn wir an Kutschen denken und an Rossschlächtereien und Wirtshausschilder (»Zum weißen Rössl«). Und wenn Präsident Scheel »hoch auf dem gelben Wagen« von den »lustig trabenden Rössern« sang. Und von Rossäpfeln, die die Straßenkehrer meiner Kindheit in aller Herrgottsfrühe mit Reisigbesen auf ihre Schaufeln fegten und aus den Kopfsteinpflasterritzen kratzten …

Dann meldete die zweite Strophe: »So geht unter Arbeit das Frühjahr vorbei. / Da erntet der Bauer das duftende Heu. / Er mäht das Getreide. / Dann drischt er es aus. / Im Winter, da gibt es manch fröhlichen Schmaus!«

Komisch, dachte ich. Der fleißige März in einer Strophe. Und der Rest des Jahres auch nur in einer Strophe! So jedenfalls spielt es mir meine Erinnerung zu, und googeln wollte ich nicht.

Und dann überkam mich das alljährliche Gefühl, dass das Jahr im März eigentlich schon gelaufen ist. Von jetzt ins Galoppieren verfällt. Galoppierende Schwindsucht! Eben noch Silvester und gefrorene Seen und Karneval und Aschermittwoch. Und schon gilt wieder der Knef-Refrain: »Von nun an geht's bergab.«

In unserem Bewusstsein beginnt jetzt, wie Jahr für Jahr, die Zeit wie im Zeitraffer wegzulaufen. Wie in einer Badewanne, wenn man den Stöpsel zieht, gurgelnd zum Schluss, die »reißende Zeit«. »Ich möchte so gerne noch bleiben«, sang Walter Scheel: »Aber der Wagen, der rollt …!«

Und bald wird unser verinnerlichter Beckenbauer fragen: »Ja, is denn scho Weihnachten?« Und wer Wind gesät hat, wird Sturm ernten.

Im Märzen die Frauen

Ausgerechnet in der Woche, wo Frauenquoten in Chefetagen ein heftig diskutiertes Thema waren, habe ich die Frauen aus dem Frühling vertrieben!

3. März 2012

Die Glosse der letzten Woche, mit der ich den Frühling mit Gewalt rezitierend herbeibeschwören wollte (»Im Märzen der Bauer …«), hat ein starkes Echo oder, wie man auf Denglisch sagt, ein kräftiges Feedback bewirkt, das für mich eine gute Nachricht und viele schlechte Nachrichten enthielt.

Die gute Nachricht: Ich hatte recht, dass in dem Volkslied der Rest des Jahres von April bis Dezember in einer Strophe runtergerasselt wird. Ich hatte aber leider nicht recht, dass das Lied nur zwei Strophen hat. Die zweite, von mir vergessene Strophe geht so (ich schwöre, es fiel mir gleich beim ersten Wort wieder siedend heiß ein!): »Die Bäuerin, die Mägde, sie dürfen nicht ruh'n / Sie haben im Haus und im Garten zu tun. / Sie graben und rechen und singen ein Lied / Und freu'n sich, wenn alles schön grünet und blüht.«

Ausgerechnet in der Woche, wo Frauenquoten in Chefetagen ein heftig diskutiertes Thema waren, habe ich die Frauen aus dem Frühling vertrieben! Im Unterschied zum Bauern, der stumm und verbissen vor sich hin pflügt und eggt, singen die Frauen beim Graben und Rechen in Haus und Garten fröhlich ein Lied, denn sie »freuen sich, wenn alles schön grünet und blüht«.

Nachträglich erst verstehe ich, warum bei meiner Oma in der Küche ein besticktes Handtuch hing, das da verkündete: »Beklage nie den Morgen, der Müh und Arbeit gibt. / Es ist so schön zu sorgen, für Menschen, die man liebt.« Als diese häusliche Freude zu wackeln begann, sang die großartige und witzige und schöne Johanna von Koczian 1977: »Das bisschen Haushalt macht sich von allein, / sagt mein Mann. / Das bisschen Haushalt kann so schlimm nicht sein, / sagt mein Mann … / Das bisschen Wäsche ist doch kein Problem, / sagt mein Mann. / Und auch das Bügeln schafft man ganz bequem, / sagt mein Mann …«

Was das Bügeln angeht, kann man in dem Film »Die eiserne Lady« über den Beginn von Margaret Thatchers politischer Karriere sehen, dass da die Abgeordnete ein eigenes Klosett für weibliche Parlamentarierinnen hatte, in dem ein Bügeleisen stand.

Wahrscheinlich war auch fürs Bügeln das Absingen fröhlicher Lieder vorgesehen. Und da fällt mir ein, dass ich in der Tat alle meine Lieder von meiner Mutter, meiner Tante oder der Großmutter gehört habe. Männer sangen damals eher beim Marschieren. Und das nicht zu Hause.

Der Quotenlotse muss von Bord

Der angekündigte Sturz des einstigen
Moderatorenkönigs Thomas Gottschalk

Jetzt, da im Frühling alles pulsiert, sprießt, blüht und un-aufhaltsam zur Frucht und Vollendung drängt, ist es miss-lich, vom barocken Lebensgefühl der Eitelkeit, Endlich-keit, des Sturzes vom höchsten Thron in das tiefste Elend zu sprechen, von dem es im Soldatenlied heißt: »Gestern noch auf stolzen Rossen / Heute durch die Brust geschos-sen / Morgen schon im kühlen Grabe.«

Und doch, der tiefe Fall eines Königs lässt einem ein Gedicht des Barocklyrikers Andreas Gryphius in den Sinn kommen: »Du sihst, wohin du sihst, nur Eitelkeit auff Er-den. / Was dieser heute baut, reist jener morgen ein«. Und weiter: »Was itzund prächtig blüht, sol bald zutretten wer-den. / Was itzt so pocht und trotzt, ist Morgen Asch und Bein …«

Hier ist nicht die Rede von Guido W., der sich einst hof-färtig die Schuhe mit einer 18 vergolden ließ. Und auch der edle Baron von und zu G. ist nicht gemeint, der aus dem akademischen Himmel des »summa cum laude« in den Abgrund eines zusammengeklauten Plagiats fiel. Und auch vom tiefen Fall des Christian W. ist nicht die Rede, der vom Schloss Bellevue in Berlin in einen ziemlich scheußlich gelben Klinkerbau in Großburgwedel vertrieben wurde.

Nein, hier ist vom einstigen Quotenkönig Thomas Gott-schalk die Rede. In einer Schaltkonferenz haben ihn die ARD-Intendanten vom Quotenkönig zum Quotenbettler gemacht, während er laut und inständig seine ihm verbliebenen Fernsehzuschauer um Quote anschnorrte.

Das taten die Herren der ARD nicht laut und offiziell, sondern – noch gemeiner – mit einem Gerücht, das durch die Ritzen der Vertraulichkeit drang. Gestern noch beim ZDF schien für ihn kein Nachfolger gut, keiner konnte ihm das Wasser reichen. Heute sagt die ARD, sie müsse ihr Flaggschiff, die »Tagesschau«, vor Gottschalk wie vor einer ansteckenden Schwindsucht retten. SOS für das ARD-Paradeschiff durch den vorausschlingernden Gottschalk.

Welch ein Fall!

So galt das alte Soldatenlied: »Morgenrot, Morgenrot, leuchtest mir zum Quotentod. / Gestern noch auf stolzen Quoten, heute bei den Medientoten.«

Reden, bis der Bart ausfällt

Was dürfen Abweichler im Parlament? Von
24-Stunden-Ansprachen in Washington und
Anschlagsplänen auf Fidel Castros Zigarre

21. April 2012

Fast wäre es dazu gekommen! Hätte Angela Merkel als
Kanzlerin nicht zuletzt noch die Notbremse in ihrer Frak-
tion gezogen, dann hätte die CDU für ein Redeverbot für
Abweichler im Parlament gestimmt. Darauf konnten nur
deutsche Bürokratenhirne kommen: Redeverbot im Parlament, das ist wie Schwitzverbot in der Sauna oder wie
Pinkelverbot im Pissoir.

Vielleicht sollte man daran erinnern, dass das Wort »Parlament« vom lateinischen »parlare«, also reden, kommt.
Müsste man dort mit abweichender Meinung schweigen,
wäre es ein Schweigekloster, lateinisch ein »tacerent«. Zwar
gilt das Sprichwort »Hättest du geschwiegen, wärst du ein
Philosoph geblieben« oder auch »Reden ist Silber, Schweigen ist Gold«, aber die Ausnahme sind eben Parlamente,
weil dort jeder ungestraft und öffentlich reden kann, der
zum Parlamentarier, also zum Redner, gewählt worden ist.

Im Übrigen gibt es in einigen Parlamenten wie im ehr-
würdigen US-Senat sogar die Waffe des Dauerredens.
Man nennt es »filibustern«, und es ist politische Praxis in
den USA, eine Verschleppungstaktik einer Minderheit,
um mit langatmigen Redebeiträgen Abstimmungen über
Mehrheitsanträge zu verhindern. Dann werden Debatten
zu einer Frage des Sitzfleisches und des unterdrückten
Harndrangs.

Den berühmtesten Filibuster, mit einer Einzelrede

von einer Gesamtlänge von 24 Stunden und 18 Minuten, hielt 1957 der selige Senator Strom Thurmond aus South Carolina, um den Civil Rights Act zu verhindern. Nach Ausführungen zur Sache zitierte er unter anderem die Unabhängigkeitserklärung der Vereinigten Staaten und die Wahlgesetze sämtlicher Bundesstaaten sowie die Kuchenrezepte seiner Großmutter. Um nicht auf die Toilette zu müssen, hatte er sich bei einem Saunabesuch prophylaktisch ausgeschwitzt. Ein berüchtigter Dauerredner war auch Kubas Fidel Castro, der allerdings direkt auf dem Marktplatz zu seinem Volk sprach. Der bärtige Polit-Macho hielt gefürchtete stundenlange Reden, mit der Zigarre in der Hand als einziger Stütze. Ihm wollte der US-Geheimdienst CIA die Redezeit verkürzen. Man versuchte seiner Cohiba-Zigarre ein Mittel zu injizieren, das nach Stunden zu Bartausfall führen sollte. Der virile »líder« (Führer) hätte dann mit nacktem Gesicht blamiert dagestanden.

Solche Gefahren sind im Moment im Bundestag gebannt, weil die Redezeit dort ohnehin beschnitten ist. Aber nun darf, bis auf weiteres (?), jeder reden. Ohne Maulkorb für Abweichler.

Wer hat Angst vorm Elfmeter?

Freud und Leid beim Strafstoß – von Ronaldo,
Schweinsteiger und einem Torwart, der ein
König war

28. April 2012

Früher gab es die weltweit zu Recht sogenannte »German Angst« als deutsche Grundbefindlichkeit noch nicht.

Dafür gab es 1970 die »Angst des Tormanns beim Elfmeter« von Peter Handke als vielzitierten Buchtitel. Der Roman war groß in Mode und wurde später von Wim Wenders verfilmt. So kamen wir damals beim »Spiegel« im Kulturressort auf die, wie uns schien, großartige Idee, das Buch von dem damals berühmtesten Torwart der Bundesliga rezensieren zu lassen – obwohl in dem Buch genau genommen weder ein Torwart noch ein Elfmeter vorkommt. Der Torwart hieß Radenkovic, spielte bei 1860 München, den damaligen »Bayern«, und sang den Schlager »Bin i Radi, bin i König«. So waren auch seine Honorarforderungen. Er war also als »Spiegel«-Rezensent nicht zu bezahlen, aber schrieb uns einen Brief voll fußballphilosophischer Tiefe. »Titel ›Angst des Tormanns beim Elfmeter‹ is totaler Bledsinn. Denn Torwart is der Einzige, der beim Elfmeter keine Angst hat. Hält er, is er Held, hält er nicht, is normal, hat Schütze gut getroffen.«

Damals wurde Fußball im Fernsehen noch in Schwarz-Weiß übertragen, und so bekam der Verursacher des Elfmeters, der Foulspieler, die »Arschkarte«, die wir bis heute immer noch alle (laut Redensart) gezogen haben, wenn wir Pech hatten. Obwohl die Arschkarte heute im Fernsehen längst als Rote Karte zu erkennen ist. Damals zog der Schiedsrichter für die zwangsläufig farbenblinden Zuschauer die Gelbe Karte aus der Brusttasche, die Rote Karte aus der Gesäßtasche, weshalb ihr dieser Name auf ewig geblieben ist.

Jetzt nach den Champions-League-Krimis der letzten Tage wissen wir wieder, dass nur der Torschütze vor dem Schuss zu Recht die Hosen voll hat. Bei den Halbfinalspielen der Champions League – Barcelona gegen Chelsea und die »Königlichen« in Madrid gegen Bayern – haben die beiden absoluten Fußballgötter, Ronaldo bei Madrid und Messi bei Barca, einen wahren Höllensturz erlebt. Sie verschossen zwei entscheidende Elfer.

In Madrid war am Ende der furchtlose Torwart Neuer der absolute Held. Er hielt im Elfmeter-Schlussgewitter gleich zwei Mal. Da aber auch zwei Bayern patzten, musste Schweinsteiger zum alles entscheidenden Schuss antreten. Sieg oder Schande! Triumph oder Fluch! Und er, nicht der Torwart, hatte erst Angst und dann Schwein. So hat er seinen Weg zwischen Bangen und Triumph dann der Nation per Mikrofon geschildert: »Auf dem Weg zum Elfmeter habe ich meine Eier kurz verloren. Aber ich habe sie rechtzeitig wiedergefunden.« Eigentlich hätte da Beckenbauer statt seines »Jo, is denn heut scho Weihnachten?!« rufen müssen: »Ja, is denn Ostern noch nicht vorbei?!«

Der Spargel setzt Duftmarken

Nach dem Genuss kommt das S-Methyl-thioacrylat.
Was das unschuldige weiße Gemüse im Mai so alles
bewirkt

»Non olet!« Es stinkt nicht! Das soll der römische Kaiser
Vespasian zu seinem Sohn Titus gesagt haben, als der sich
für seinen Vater genierte, dass dieser, es war um 70 nach
Christus, eine Latrinensteuer einführte. Der Kaiser hielt
seinem Sohn eine Münze unter die Nase. »Riechst du was?
Na also! Nichts! Geld stinkt nicht.«

Jetzt, im Mai 2012, hat der großartige Humorzeichner
Mette im »Stern« den Gegenbeweis geführt, dass Klo-
Geld doch streng riecht, streng riechen muss. Er hat einen
Cartoon mit einem Klo-Mann gezeichnet, der im Vorraum
eines Pissoirs oder Urinals mit dem Schild »Herren« sitzt,
einen Teller mit Kleingeld neben sich. Und was tut er, der
Toilettenmann? Er trägt eine Gasmaske. Saisonbedingt.
Unter der Zeichnung steht nur ein Wort: »Spargelzeit«.

Wir wissen sofort alle, was gemeint ist. Wir kennen alle,
übrigens nicht nur »Herren«, sondern auch »Damen«, das
alljährliche Erschrecken, wenn wir zum ersten Mal wieder
Spargel gegessen haben. Und es riechen: »Veronika, der
Mai ist da. Der Spargel schießt. Hurra, hurra!« An sich ist
der Spargel geruchlos. Erst nach dem Verzehr entfaltet er
seine olfaktorische Kraft, die ihn beim flüssigen Austritt
aus dem Körper erfüllt. Oder, wissenschaftlich gesprochen:
»Der typische Geruch des Urins nach Spargelgenuss ist auf
Abbauprodukte wie S-Methylthioacrylat sowie auf dessen
Methanthiol-Additionsprodukt S-Methyl-3-(methylthio)

thioproponiat zurückzuführen.« Genau! Und genauso riecht es auch.

Aber nicht bei allen. Nur bei Menschen, die Spargel-aromastoffe verstoffwechseln können. Die armen anderen riechen gar nicht, dass es Frühling ist. Sie setzen keine Duftmarken. Und stinken nicht wie Kater oder Stinktiere. Ob das wohl aphrodisierend wirkt? Früher gab es auch noch den Pumpernickel. Der ließ den Esser des west-fälischen Schwarzbrots, also den Nikolaus oder Nickel, pumpern oder pupsen oder furzen. Das war früher hoch-geschätzt an Königshöfen im 17. und 18. Jahrhundert, wo sogenannte Flatulanten nach Genuss von Hülsenfrüchten oder Pumpernickel die Blähungen kunstvoll zu höfischer Blasmusik veredelten. Ihr Instrument tönte durch zwei kräftige Backen. Ob es roch oder nicht, ist nicht überliefert.

Überliefert ist dagegen von Roda-Roda (1872–1945) der Dialog zwischen Finanzamtsobervorsteher und Finanz-amtsuntervorsteher. Fragt Ersterer den Zweiteren: »Leiden Sie auch so unter Blähungen?« Antwortet Letzterer Ers-terem: »Nur unter Ihren!«

Schildbürgerpolitik

Kein Licht rein und kein Rauch raus – eine Narren-
geschichte vom BERen, der uns aufgebunden wird

12. Mai 2012

Die wenigsten, sogar unter uns Älteren, werden sich noch an die blamable Katastrophe bei der Eröffnung des neuen Rathauses von Schilda erinnern. Ein rotes (Backstein-) Rathaus. Das muss um 1605 gewesen sein, da sollte es mit Pomp und Glanz vom Bürgermeister Wowereit, dem älteren, eingeweiht werden. Und dann standen die Honoratioren und Gäste aus anderen Ländern und anderen Sitten, nachdem das Stadtoberhaupt das Band zum Eingang mit güldener Schere zerschnitten hatte, tapsend im Dunkeln und stießen sich die Hüte von den Köpfen, während sie gegen unsichtbare Wände anrannten.

»Mehr Licht!«, schrie der greise Stadtschreiber, aber es gab kein Licht, da keine Fenster in dem aufwendigen Neubau eingebaut waren. Kein Licht konnte rein, kein Rauch raus! Um Licht in das Rathausdunkel zu bringen, sollen die eifrigen Schildbürger in Holzzubern und Weidenkörben, da draußen die helle Sonne mehr als freundlich schien, das Sonnenlicht in das Haus getragen und dort ausgeschüttet haben und dann wieder ins Helle gestürzt sein, wieder Licht in die geleerten Gefäße gefüllt haben und so weiter und so fort. Solarenergie in Kübeln. Aber es wurde und wurde nicht hell und auch nicht warm.

Man mag bei dieser Geschichte aus der guten alten Narrenzeit an die Eröffnung des BERliner neuen Flughafens denken, wo auch manches vergessen wurde. Zum Beispiel

Lücken für den Rauchabzug – und Brandschutz überhaupt. Man kann aber auch denken, dass es sich um eine Energiekatastrophe nach einer radikalen Energiewende gehandelt habe in Schilda.

Im letzten Winter, so war jetzt zu lesen, sind wir mit Mühe und Not an einer katastrophalen Energieknappheit, mit abgeschalteter Wärme und Licht, vorbeigeschrammt. Hätte es Windstille und noch mehr graue, sonnenlose Tage gegeben, hätten wir versuchen müssen, die Sonnenenergie in Kübeln und Körben aus den Speichern herbeizutragen. So aber lieferten uns noch angeschaltete Alt-Atomkraftwerke das Fehlende. Aber der nächste Winter kommt bestimmt. Und wenn er länger dauert und grau und windstill ist, dann ist hier überall Schilda. Oder BERlin.

Der Rasen, der die Welt bedeutet

Vom Diebstahl eines Elfmeterpunkts und der Frage:
Könnte die Tat des Messermanns vielleicht ein
historischer Einschnitt sein?

19. Mai 2012

Vergangenen Dienstag zeigte die ARD eines der spektaku-
lärsten Fußballereignisse der letzten Saison, ja überhaupt
der »Fußball im Fernsehen«-Geschichte: das Relegations-
spiel um den Aufstieg Düsseldorfs beziehungsweise um
den Verblcib Hcrthas in dcr Ersten Bundesliga. Das Spiel
endete in einem Skandal, als nach einem bengalischen
Feuerwerk das Spiel erst unterbrochen und dann wieder
angepfiffen wurde. Und noch ein paar Minuten Nach-
spielzeit blieben. Nach dem 2:2 und in den letzten Nach-
spielminuten irritierte ein Pfiff des Schiedsrichters die dem
Sieg entgegenfiebernden Düsseldorfer Fans. Sie stürzten
zu Hunderten auf den Rasen, die Fußballspieler flohen in
Panik in ihre Kabinen, ein chaotisches Inferno.

Und mitten in diesem Gewühl sah man einen Mann mit
einem Messer, der sich mit einem dämonischen Grinsen
auf den Rasen stürzte, kniend den Elfmeterpunkt aus dem
Gras ausschnitt und das kalkige Rasenstück mit Triumph-
geheul wegtrug wie eine wertvolle Trophäe. Die »Bild«-
Zeitung hat ihn kurz darauf »den größten Fan-Trottel aller
Zeiten« genannt; der Mann wurde spät in der Nacht in
der U-Bahn mit seiner Beute von Reportern gefilmt, wie
er vor Sprachlosigkeit selig lächelnd das Rasenstück um-
klammerte.

War das ein buchstäblich Rasender, der den Sinn des
Spiels auf den Elfmeterpunkt brachte? Wird er ihn bald

bei eBay gut gedüngt und frisch gegossen verkaufen? Und wird das Spiel ohnehin in die Geschichte eingehen, als Fußball-Occupy-Bewegung eines Stadions?

Ob der Fan wirklich der größte Trottel in dieser Woche war, mag man bezweifeln. Mir jedenfalls kommt er gar nicht so blöd vor, und er steht in guter literarischer Tradition.

Denn in seinem großen Amerika-Roman »Underworld« von 1998 schildert Don DeLillo ein inzwischen sagenhaftes Baseballspiel zwischen den Giants und den Dodgers. Der spielentscheidende Schlag wurde der »Home-Run des Jahrhunderts«. Der Ball flog in die Menge und ward nicht mehr gesehen. Der halbwüchsige Farbige Cotter Martin erkämpft sich ihn als Souvenir und rettet ihn aus dem Hexenkessel des Stadions. Der Ball wechselt dann seinen Besitzer durch die bewegteste Zeit der amerikanischen Geschichte: Atombombe, Kalter Krieg, Müll, Graffiti-Kultur, Internet.

Hat also der Messermann den Rasen beim 2:2 von Hertha gegen Düsseldorf geklaut, weil er ein wertvolles Zeitdokument sichern wollte? Für eine überbordende Romanhandlung? Kurz nach dem Spiel schmiss Merkel Röttgen raus, ging Facebook an die Börse, wurde Griechenland für pleite erklärt, die Berliner Flughafeneinweihung auf den März 2013 verschoben. Auch die Elfmeterpunkt-Geschichte könnte Kern eines deutschen »Underworld«-Romans werden, der von einer historischen Wende in Europa handelt.

Friedenstauben und Unkenrufe

Pfingsten gestern, heute, morgen – Goethes Fabel, Honeckers Lied und ein Satz über Pythagoras

Tief im letzten Jahrtausend las ich zur schönsten Maienzeit, weil ich deutsche Literatur studierte, Goethes Versepos »Reineke Fuchs«, dessen »Erster Gesang« so anhebt: »Pfingsten, das liebliche Fest, war gekommen! Es grünten und blühten / Feld und Wald; auf Hügeln und Höhn, in Büschen und Hecken / Übten ein fröhliches Lied die neuermunterten Vögel ...«

Das sind Hexameter, sechsfüßige, in leicht hüpfenden, tänzelnden Daktylen. Goethe hatte sie 1793 Homers »Ilias« und »Odyssee« nachempfunden, die Johann Heinrich Voß mit schulmeisterlicher Akkuratesse und genialem Nachempfinden übersetzt hatte. Die Geschichte war eine Tierfabel, wie sie in der Antike der Grieche Äsop schrieb, mit einem Löwen als König, einem Schaf als tumbem Opfer, dem Wolf als Gierschlund und dem listigen, hinterlistigen Fuchs, eine Satire auf Duodez-Gesellschaft und intrigante Politik.

Damals, als die neuen Bundesländer im Westen noch »Zone« hießen, sang die FDJ unter Erich Honecker, der ein blaues Hemd, ein Pioniertuch um den Hals und kurze Hosen trug: »Was machen wir zu Pfingsten, wenn die Wiesenblumen blühn? / Da fahrn wir nach Karl-Marx-Stadt über Autobahn und Schien'.« In Chemnitz, das damals schon und noch nach Marx, den es als großen Kopf beherbergt, hieß, fanden die kommunistischen Arbeiter- und Jugend-

festspiele statt, mit Klampfe und Chor unter Picassos Frie-
denstaube.

Tempi passati, das war einmal! Diesmal bin ich vor den
Eisheiligen, vor Kälte und Nässe nach Apulien geflohen,
wo ich von ihnen eingeholt wurde, während in Hamburg
pfingstliche Wärme einzog. So kann es gehen. Nahe dem
Hotel, das sich Francis Coppola, der italo-amerikanische
Filmemacher, in seiner einstigen Heimat klein und mit
rustikaler Finesse gebaut hat, liegt der große griechische
Mathematiker Pythagoras begraben, in zehn Kilometer
Entfernung sieht man das Meer und ahnt Griechenland.

Der Sänger der Stunde und der griechisch-europäischen
Wirtschaftsmathematik ist Sarrazin, in der Satire wäre er
die große Unke. Und den Fuchs gäbe Facebooks Zucker-
berg, der die neueste Börsenblase mit großem Zockerge-
winn hat platzen lassen. Zu Pfingsten!

Ballaballa vor dem Spiel

Wie ist das mit der Enthaltsamkeit vor Großturnieren?
Harte Tage für Boateng und Model Gina-Lisa

Leise schleich' ich wie auf Eiern
Mich aus Liebchens Paradies,
Wo ich hinter dichten Schleiern
Meine besten Kräfte ließ.

»Morgenstimmung« heißt das Gedicht von Frank Wedekind, von dem man weiß, dass er alles erprobend prak-
tizierte, was er besang. Vielleicht war die Stimmung des
deutschen Fußball-Abwehrspielers Jerome Boateng ähnlich traurig, als er frühmorgens aus einem Berliner Hotel
zum EM-Abflug taperte, nachdem er sich, wie die ganze
Nation weiß, mit dem Nacktmodel Gina-Lisa (besonderes
Kennzeichen: zwei Fußbälle im Korb) auf harte Tage vorbereitet hatte. Der deutsche Nationaltrainer Löw war »not
amused« über die Spielmoral und zeigte sich »extrem ent-
täuscht«. Passenderweise nahm er sich den Nationalvertei-
diger zur Brust und sagte ihm: »Mir hat nicht gefallen, was
da passiert ist.« Ich weiß nicht, ob Boateng geantwortet
hat: »Mir schon.«

Jedenfalls sah Jogi Löw sein Vertrauen missbraucht. Er
hatte seinem Nationalspieler ein letztes Wochenende geschenkt, um für die EM Kraft zu tanken. Man könnte nun
sagen, dass Wedekinds poetische Aussage gegen Boateng
und für Löw spricht. Danach sind die besten Kräfte futsch,
wenn man auf diese Weise vor dem Spiel angreift, statt im

Spiel zu verteidigen. Löw hat dem Nationalspieler eine Aufgabe gestellt: »Er muss in der Lage sein, sich in den nächsten Wochen zu zerreißen.«

Nun ist das mit der Enthaltsamkeit von Leistungssportlern vor großen Spielen so ein Ding. Wie in der Witzpointe: Die einen sagen so, die anderen so. Und in Löws EM-Programm ist neben Essen, Trinken, Schlafen der Kasernenbesuch durch die Fußballbräute nach dem Spiel durchaus vorgesehen.

Nach dem Spiel! Vielleicht hat Boateng die alte Fußballweisheit verinnerlicht: Vor dem Spiel ist nach dem Spiel. Und nach dem Spiel ist vor dem Spiel. Und ob er bei Gina-Lisa nur Kraft und Saft verloren hat und nicht doch auch zumindest seelisch Siegerlaune aufgetankt hat, ist nicht auszumachen.

Klar jedoch ist, dass wir heute alle, wenn die Öffentlichkeit nur will, gläserne Menschen sind. Durchsichtig wie ein dünner Schleier. Glücklicher Wedekind, der sich noch leise, »wie auf Eiern«, aus dem Paradies schleichen konnte und dabei unbemerkt blieb.

Das Schreckliche ist, dass Boateng bitter bezahlen muss. Deutschland spielt ohnehin in der Hammergruppe gegen die größten Rivalen, gegen Holland, gegen Portugal und gegen Dänemark. Da kann man später alles Boateng in die voreilig ausgezogenen Fußballschuhe schieben.

Der Bajazzo als Seifenoper

Von einem Bestatter, der in der Oper unter der
Dusche Arien schmettert – Woody Allen kehrt zu
seinen Komik-Wurzeln zurück

16. Juni 2012

Glamour und Glanz der italienischen Oper, ihre Belcanto-Strahlkraft und orchestrale Wucht haben Woody Allen schon als jungen Komiker fasziniert. So hat er in einer Short Story seinen Nebbich-Helden Nadelmann in den ersten Rang der Mailänder Scala gesetzt, bis er einmal vor frenetischer Begeisterung im Schlussbeifall kopfüber in den Orchestergraben stürzt, was sehr schmerzhaft ist.

Um nun nicht als lächerlicher ungeschickter Unglücksrabe dazustehen, wiederholt Nadelmann den Sturz künftig bei jedem Scala-Besuch stoisch. Um seine Würde, wenn auch unter Schmerzen, zu bewahren. Mit dieser Repetition bestätigt er Henri Bergsons Theorie von der Mechanik der Komik. Und Schillers Einsicht, dass es nur ein winziger (Stolper-)Schritt vom Erhabenen zum Lächerlichen sei.

In seiner neuesten Sightseeing-Kinokomödie »To Rome With Love« (sie kommt im Juli in die US-Kinos) kehrt der wunderbar knittrige und knattrig nörgelnde alte Woody Allen zu seinen Slapstick-Anfängen und deren komischer Mechanik zurück. Er besucht die künftigen Schwiegereltern seiner Tochter, und als ehemaliger Opernregisseur und Manager hört er den Bestattungsunternehmer unter der Dusche singen, wenn der sich nach dem Präparieren von Leichen reinigt.

Er singt göttlich »Lache, Bajazzo!« von Leoncavallo. Woody schleppt ihn zum Vorsingen. Aber er fällt kläglich durch. Denn er kann nur unter der Dusche singen, in der schützenden Einsamkeit der Nasszelle. Was tun? Allens New Yorker Opern-Agent verzagt nicht. Wenn der Bestatter nur unter der Dusche schmettern kann, muss halt die Brause mit auf die Bühne. Also hört und sieht man den Bestatter sein »Ridi, pagliaccio!« in einer auf die Bühne montierten Dusche singen, sich unter der Achsel einseifen, mit einer Bürste über Bauch und Rücken schrubben und die untreue Frau erdolchen. Das bis in die obersten Ränge reichende festliche Publikum gerät klatschend aus dem Häuschen. Und ist nicht ein Bestatter, der nur tropfend singen kann, auch eine Art tragischer Narr?

Die göttliche Idiotie der Oper ist getroffen. Und die Duschzelle? Könnte sie nicht vom modernen Regietheater bei Leoncavallos »Bajazzo« als genialer Seifenoper-Einfall auf der Bühne wieder einen Nadelmann zu einem Sturz in den Orchestergraben animieren?

Am Tag danach

Am »Tag danach«, nach einem bösen Erwachen wie aus einem Albtraum, war das Fahnen- und Fähnchenmeer aus dem Straßenbild verschwunden. Kein Schwarz-Rot-Gold mehr als Wimpel, Rückspiegelschoner, Balkonbeflaggung, Rasenbespannung. Auch in den Gesichtern hatten die Leute sich Schwarz-Rot-Gold abgeschminkt. Mit einem Schlage weg, nachdem Italien »uns« 2:1 k. o. geschossen hatte.

Wüsste man es nicht besser, aus der Seefahrt und dem Seekrieg, man würde meinen, die politische Phrase vom »Flaggezeigen« sei mit dem Fußball-Sommermärchen unter Klinsmann in den Sprachgebrauch gekommen. Von Sieg zu Sieg verzeichnete die Wimpelindustrie steigende Absätze, boomte der Verkauf von schwarz-rot-goldener Kunstfaser. Jetzt, wo unser Nationalgefühl auf dem Rasen, der die Welt bedeutet, begraben wurde, werden sich die Politiker wohl auch den Gebrauch anderer Phrasen aus der Fußballwelt reiflich überlegen. Etwa, dass man in der Opposition »gut aufgestellt« sei, dass die Regierung »eine Steilvorlage geliefert« habe und dass der Bürger nicht »länger im Abseits« stehen sollte.

Damals, am 4. Juli 2006 bei der WM, ereignete sich genau das, was sich jetzt bei der EM wiederholte. Die Italiener kickten uns mit 2:0 nach der Verlängerung aus dem Halbfinale. Ich weiß noch, wie mein Sohn nach dem Public Viewing traurig nach Hause schlich, wo ich ihn ebenso traurig auf der Terrasse erwartete. Aber damals blieben die Fahnen. Noch über das Endspiel hinaus – manche klammerten sich noch Wochen an Autos und Mauern fest, so als hätte man gar nicht Abschied nehmen können vom nationalen Sommermärchengefühl. Warum wurde nicht auch damals mit den Fahnen Tabula rasa gemacht? Einmal waren wir, war »Schland« Gastgeber, und schon deshalb behielten wir unsere gute Laune. Zweitens gewannen wir noch mit einem bravourösen 3:1 über Portugal den dritten Platz, während das Endspiel zwischen Frankreich und Italien (auch da siegte Italien) mit einer unschönen Rauferei und einem Kopfstoß von Zidane gegen seinen Gegner statt gegen den Ball eher böse endete. Wir fühlten uns heimlich und unheimlich mit dem dritten Platz als wahre Weltmeister.

Diesmal schlichen sich die Spieler wie getretene Hunde vom Platz, verbargen ihre tränenden Häupter unter Trikots, und keiner sagte ihnen mehr nach, sie seien gut aufgestellt. Kein dritter Platz stand in Aussicht. Es war ein patriotischer Interruptus. Statt nach Berlin zur Siegesnachfeier flogen sie ins Frankfurter Abseits. Jogi heißt wohl wieder Löw.

Jetzt, am »Tag danach«, las ich im Fahrgastfernsehen der U-Bahn den »Spruch des Tages«: »Der Sieg hat viele Väter. Die Niederlage ist eine Vollwaise.« Als Autor wurde Giovanni di Lorenzo genannt. Auch noch schönere Namen haben diese Kerle!

Fragen über Fragen

Was tat Gott, bevor er die Erde erschuf?
Gibt es ordentliche Hotelzimmer in Kansas City?
Die Welt ist und bleibt ein einziges Rätsel

Dem ersten Rätsel begegnete ich als Erstklässler in meiner Fibel. Und es war gleich ein Welträtsel. »Erst geht es auf allen vieren, dann auf zweien und dann auf drei Beinen.«

Die Antwort fand man, wenn man die Fibel auf den Kopf stellte, sie war verkehrt herum gedruckt. Die Antwort lautete, Sie ahnen es schon, »der Mensch«.

Heute – in einer überalterten Gesellschaft – verdanken Orthopäden und Röntgenologen dieser Lebensarithmetik ihre vollen Wartezimmer.

Später fand ich in Büchners Drama »Woyzeck« das buchstäblich einfachste, einfältigste Rätsel. Da zeigt der Hauptmann dem Doktor ein gefaltetes Tuch: »Was ist das?«, fragt er. Und antwortet selbst: »Einfalt.«

Es waren die Scholastiker des katholischen Mittelalters, die die ganze Welt zu Rätseln verwandelten. Etwa die Frage nach der räumlichen Dimension: Wie viele Engel passen auf eine Nadelspitze? Tja, wie viele?

Luther ging das so auf den Geist, dass er, sinngemäß, folgendes Rätsel stellte: Was tat Gott, bevor er die Welt erschuf? Und die Antwort, ebenfalls sinngemäß: Er saß im Busch und schnitt Ruten, für Leute, die dumme Fragen stellen würden.

Scholastische Fragen hat sich später auch Woody Allen gestellt. Etwa: Gibt es einen Gott? Und ein anständiges Hotelzimmer in Kansas City? Oder: Gibt es ein Leben nach dem Tode? Und ist man dort in der Lage, einen 20-Dollar-Schein zu wechseln? Heute würde ich fragen: Wie viele Euro gehen bei den Engeln unter einen Rettungsschirm?

Es war der große Philosoph Martin Heidegger, Vater des Existenzialismus, der sich in seinem Hauptwerk »Sein und Zeit« die Rätselfrage stellte, ganz im Ernst: »Warum gibt es überhaupt etwas und nicht vielmehr nichts?«

Wie gesagt, das Leben bleibt, von der Fibel bis zur Bahre, ein Rätsel. Oder, wie es Hape Kerkeling telegerecht und zeitgemäß ausdrückte: »Das ganze Leben ist ein Quiz!« Von der Fibel bis zur Bahre – die Welt ist und bleibt ein einziges Rätsel.

Warum Seehofer keine Ruhe gibt

Erst klagen in Karlsruhe und dann siegen in Bayern?
Vom Leiden einer Nervensäge

21. Juli 2012

Jetzt, da die Abgeordneten nach Verabschiedung des Rettungsschirms für Spanien wieder blitzschnell in ihren wohlverdienten Urlaub geflüchtet sind, unter die Sonnenschirme Mallorcas, der Costa del Sol und der Costa Brava, um uns im Regen stehen zu lassen, bleibt also nur Seehofer, weil Bayern noch keine Schulferien hat.

Der bayerische Ministerpräsident hat deshalb kurz noch mal auf die Pauke gehauen. Er hat angekündigt, dass Bayern zusammen mit den anderen Geber-Bundesländern vor dem Bundesverfassungsgericht gegen den Länderfinanzausgleich klagen will. Notfalls auch alleine. Bayern zahlt am meisten, nämlich 3,7 Milliarden, Berlin bekommt am meisten, nämlich gut 3 Milliarden. Aber keine Angst. Mit der Klage ist das wie mit dem Sommerloch. Wo kein Sommer, da auch kein Sommerloch. Bayerns Klage wird erst 2014 entschieden werden, wenn überhaupt.

Warum macht Seehofer das dann überhaupt? Weil er ein Politiker ist und weil Politiker auch Menschen sind. Menschen wollen ihren Job nicht verlieren, Politiker erst recht nicht. Politiker müssen sich wählen lassen. Das ist bitter. Seehofer ist aber besonders menschlich, er will behalten, was er hat, und bleiben, was er ist. Von Beruf ist er, um Ministerpräsident zu bleiben, Nervensäge. Wie übrigens Sigmar Gabriel auch. Beide nerven ohne Unterlass, weil sie denken, nur so im Amt bleiben zu können. Gabriel nervt gegen Merkel, gegen den Rettungsschirm, gegen ihre Euro-Politik, alles kommt für ihn zu spät oder zu früh, zu zögerlich oder zu drakonisch, ist falsch oder zumindest vom Zeitpunkt her falsch. Trotzdem stimmt er immer brav für den Rettungsschirm, für Merkel, für alles, was sie dem Euro in seinen Augen Schreckliches antut. Auch er fürchtet die Wahlen. Seehofer stänkert ebenfalls gegen Merkel, droht ihr pausenlos mit dem Bruch der Koalition, beschimpft die FDP, Nervenlaubsägearbeit eben.

Denn Seehofer kann rechnen. Seine CSU hat 45 Prozent, eher etwas weniger, sein Koalitionspartner FDP hat 5 Prozent, auch eher etwas weniger. Also kann Seehofer 2013 in Bayern nur weiterregieren, wenn er a) über 50 Prozent macht oder b) die FDP mindestens 5. Also wettert er gegen den Länderausgleich und gegen Berlin, das bayerisches Geld verprasst, und dabei fällt ihm ein, dass Bayern auch noch einen FDP-Wirtschaftsminister hat, dem könnte die Klage vielleicht auch für 5 Prozent guttun, und dann wäre alles paletti.

Und was wird aus der Klage? Das ist Seehofer sch…egal. Denn die Klage ist, wie gesagt, 2014, und Bayern wählt 2013. Und 2014? Schau'n mer mal.

Den Braten nicht gerochen

Voller Superlative: die Geschichte eines Starjournalisten, der vorgab, in der Küche des Verfassungsgerichts- präsidenten gewesen zu sein

Jetzt, wo es heraus ist, jetzt also, wo alle Welt weiß, dass Heribert Prantl, Mitglied der Chefredaktion der »Süd- deutschen Zeitung« und Vorzeigejurist des Blattes, nicht mal als, wie soll ich es oder ihn ausdrücken, »Mitesser« beim Bundesverfassungsgerichtspräsidenten in der Küche beim Köcheln, Schnipseln und Rühren dabei war, las ich seinen Artikel mit anderen Augen. »Vor Tische las man's anders«, heißt es im »Wallenstein«. Ich ließ mir also sein hymnisches Porträt auf der Zunge zergehen und stellte fest, dass es inzwischen einen üblen Nachgeschmack hat. Einen »haut goût«. Es ist überwürzt mit Superlativen. »Andreas Voßkuhle leitet das berühmteste Gericht der Welt.«

Ein »Deutschland über alles«-Superlativ? Wo bleibt der Supreme Court zum Beispiel? Kommt schon im Text: Er leitet das »neben dem Supreme Court mächtigste Gericht der Welt«. Wow! Und ist, das folgt daraus, »der wahr- scheinlich mächtigste Mann Deutschlands«. Mannomann, wie gut, dass wir auch eine Merkel haben.

»Wahrscheinlich mächtigste« ist so ein Superlativ, der sich selber auffrisst. Bei mir um die Ecke in Eppendorf gibt es eine Eisdiele, die mit dem Slogan wirbt, handgemalt: »das vielleicht beste Eis des Universums!«. Das »vielleicht« ist pure falsche Bescheidenheit. Wie das »wahrscheinlich«. Oder, wie der Schriftsteller Gerhard Zwerenz über seinen Kollegen urteilte: »Martin Walser ist der größte lebende

Dramatiker unter den Roman-Autoren aus Wasserburg am Bodensee.« Na also, Diminuendo, geht doch!

Da Prantl den mächtigsten Mann des vielleicht berühmtesten Gerichts der Welt (oder war es umgekehrt? Egal) hymnisch feiert, möchte er auch bei ihm zu Tisch kommen dürfen, notfalls auch über die kalte Küche, und sei's zum Zwiebelschneiden. Persönlich. Vom Zuhören, vom Gesagten ist noch keiner satt geworden. Also schreibt er, und da gibt's kein Vertun: »Man muss ihn am Küchentisch erleben. Man muss erleben, wie er ein großes Essen vorbereitet!« Schwarz auf weiß ein Muss-Erlebnis, das hier geschildert wird, kein Botenbericht. Keine Mauerschau. In dem nachgeschmeckten, nachgelebten Essen gibt es ein einziges Diminutiv. Wie heißt es so schön? Das Diminutiv ist der Feind des Superlativs.

Es gibt bei Voßkuhle ein »Arbeitsweinchen« zum Arbeitsessen. »Weinchen« ist gut. Das Diminutiv als heimlicher Säufer-Superlativ. Als Verharmlosung, als Euphemismus. Wie das »Bierchen«. Wie: »Trinken wir noch ein Tröpfchen!« Wie der »wönzöge Schlock« aus der »Feuerzangenbowle«, das Schlückchen. Wie die Aufforderung: »Komm, mein Schatz, wir trinken ein Likörchen, und dann flüster ich dir leise was ins Öhrchen!« Vielleicht die Geschichte vom Süppchen, das sich Prantl selbst eingebrockt hat und selber auslöffeln muss. In Wien nennt man es das Arbeitsessen eines Adabeis.

Gedöns mit der Babypause

SPD-Chef Sigmar Gabriel übt sich als politische Supernanny – und läuft sich so für höhere Aufgaben heiß

11. August 2012

Der Niedersachse Gerhard Schröder nannte es »Gedöns«, als er noch Kanzler in Berlin war. Gedöns war alles, was im Familienministerium angesiedelt war, Kinder, Küche, Gleichberechtigung, Quote, Mutterschafts- und Vaterschaftsurlaub und all solcher Krimskrams.

Gedöns ist niedersächsischer Sprachgebrauch und bezeichnet ein Hin-und-her-Gezerre um nichts, etwas Aufgeblähtes, das Adjektiv »gedunsen« ist damit verwandt. Mach kein solches Gedöns um die paar hundert Milliarden! »Krempel« kann es auch heißen. Alles das, was im Keller herumsteht und eigentlich zum Sperrmüll muss.

Heute ist Schröder altersweise geworden und kümmert sich brav um seine Tochter, um Schulbrot, Freizeit, Fahrradreparieren. Denn seine Frau Doris hat den Spieß umgedreht und ist in die Politik gegangen, während er sich, neben Gazprom, als Hausmann übt.

Damals, als er Gedöns noch Gedöns nannte, war Sigmar Gabriel, heute das am heftigsten mit den Hufen scharrende und die Nüstern blähende Pferd der Troika, auch zeitweise für ein Gedöns zuständig: Er war – erinnern Sie sich noch? – der Popmusik-Beauftragte der SPD. Echt! Also für das Gedröns im Gedöns, für den Lärm in der Kellerbar und im Rockstadion.

Heute ist er vom Saulus zum Frauenversteh-Paulus geworden. Er nimmt nach der Genossin Andrea Nahles eine

Babypause. Vati gehört der Tochter, aber auch dabei hyperventiliert er und produziert politische Ideen am laufenden Band und »nervt« (so Nahles) die im Brandt-Haus mit seinen politisch atemlosen Aktivitäten, mitten im Sommerloch und im Vaterschaftshoch. Zuerst hatte er, ganz Familienmensch, beim Windeln in den Toilettenräumen gemerkt, dass es im Herrenklo keine Wickelmöglichkeiten gibt. Hier herrscht, wie der Politiker spricht, Nachholbedarf. Aber sonst mischt er sich in alles und zeigt seinen Mit-Troikisten den Stinkefinger, während die naiv echt Urlaub machen.

Reichensteuer, Europa-Schulden, Banken auf den Topf setzen, Volksentscheide anfordern – ein Sommerinterview jagt das andere, allerdings in schlabbernder Freizeitkleidung.

In Wirklichkeit und Wahrheit ist das ein perfider Trick gegen die Gleichstellungsbelange. Seht her, sagt der vollschlanke SPD-Zampano, das, worüber ihr Frauen im Babyjahr so ein Gedöns macht, das mache ich mit links. Mit dem kleinen Finger. Ich bin pausenfüllender Vater und laufe mich heiß fürs Vaterland! Das soll mir mal eine oder einer nachmachen!

»Der Sturm« im Wasserglas

Mord und Totschlag im Sommerloch – wie ein
Schwedenkrimi für Aufregung in den großen
deutschen Feuilletons sorgt

»Wissen S', wer gestorben ist, Herr Direktor?«, soll in den
fünfziger Jahren der Sekretär mit aufgesetzter Trauermiene
den Wiener Burgtheaterdirektor Raoul Aslan gefragt haben. Worauf dieser antwortete: »Mir is jeder recht.« Eine
schöne Pointe aus dem heiteren Bestiarium des Kulturbetriebs, die einem einfallen kann, wenn man die folgende
Geschichte liest.

Vor zehn Tagen wusste ich noch nicht, dass in Kürze
ein unter Pseudonym verfasster schwedischer Krimi (»Der
Sturm«) erscheinen sollte, in dem der (Kultur-)Chefredak-
teur der sozusagen überregionalsten deutschen Tages-
zeitung auf bestialische Weise ermordet und als grausam
gerupfter und abgenagter Kadaver aufgefunden werden
sollte. Diesen Tod soll er durchaus verdient haben. Who-
dunit? Wer hat es getan?

Dass ich davon nichts wusste, konnte dem Autor am
wenigsten wurscht sein. Denn nicht etwa Millionen Leser
sollten fiebrig vor Neugier gemacht werden, sondern alle
üblichen Verdächtigen und Beteiligten des Kulturbetriebs.
Also rief der Autor, Chef des anderen überregionalsten
deutschen Tagesfeuilletons, einen Kollegen an, der, wie er,
unter dem durch Rufmord jetzt gemeuchelten Kulturchef
gelitten hatte und im Streit gegangen war: »Könntest du
nicht eine autobahnbreite Spur legen, die zu meiner Autor-
schaft in der Mordgeschichte führt, dass ich unseren Ex-

Chef genüsslich gemeuchelt und in aller Schandbarkeit als Leiche ausgebuddelt habe?«

Das tat der im dritten überregionalsten Feuilleton Tätige. Und ich, wie hundert andere Kulturkollegen, denen jeder recht ist, las es mit dem der Branche eigenen boshaften Vergnügen. Nun war wieder der Rufgemordete am Zug. In der Sache befragt, sagte er lakonisch: »Ich lese keine schwedischen Krimis.« Gut pariert, Löwe!

Alter Schwede!, konnte man da sagen, denn nun musste sich der Schreibtischtäter outen, aus seinem Pseudonym heraustreten und gestehen: Ich war es, aber der Ermordete, der selber schuld ist, war nicht gemeint! Nicht persönlich, höchstens ein Prototyp des Kulturbetriebs. Nach dem Motto: Mir ist jeder recht. So bleibt genug hängen, und haftbar gemacht werden kann man auch nicht.

Die Schreibtischtäter-Rache fiel ins Sommerloch, bekleckerte dabei aber sowohl das Opfer wie den Mörder. Wie es im Kulturbetrieb sein muss, ging es aus wie das Hornberger Schießen. Das Motiv der Geschichte ergibt sich aus dem Roda-Roda-Dialog, bei dem der Vorgesetzte seinen Stellvertreter fragt: »Leiden Sie auch so unter Blähungen?« Worauf der antwortet: »Nur unter Ihren!«

PS: Die Toten und Lebenden in der Reihenfolge ihres Auftretens: Frank Schirrmacher, Thomas Steinfeld, Richard Kämmerlings. Die Feuilletons in ebender Reihenfolge: »FAZ«, »SZ«, »Welt« – und für diese Glosse: »Hamburger Abendblatt«.

Die Wassermelone

Von der provenzalischen Hitze, einem hilfsbereiten
Polizisten und der Frage: Was wäre, wenn wir die Welt
nicht missverstehen würden?

Salernes wäre ein verträumter provenzalischer Marktfle-
cken, wenn es die Sommertouristen und den daraus resul-
tierenden Mangel an Parkplätzen nicht gäbe. Es liegt acht
Kilometer vom Weingut meines Schwagers entfernt, ein
Platz, der das Paradies auf Erden wäre, wenn es des Nachts
keine Mücken, tagsüber keine Wespen und Tag und Nacht
keine brütende Hitze gäbe.

Alles Verträumte und Paradiesische ist immer mit einem »wenn« verbunden, genauer: von einem »wenn nicht«
eingeschränkt. Wäre es nicht so, könnte man es vor Glück
auf Erden nicht aushalten. Ich komme zur Melone, zur
Wassermelone, der köstlichsten Frucht bei 39 Grad Hitze
und von großer Attraktivität als Mittagsmahl im Schatten
für Mensch und Wespe. Eine summende, handwedelnde
Idylle.

»Wollen Sie eine ganze?«, fragt der Gemüsehändler und
zeigt auf einen grünen Riesenballon. »Eine halbe«, sagt
meine Frau. »Eine ganze«, sage ich, mit dem Argument:
»Bei der Hitze!«

Der Gemüsehändler schlägt mir vor, mit der Melone
und den dicken Ofenkartoffeln vor dem Laden zu warten,
während meine Frau das Auto holt.

Meine Frau, praktisch wie immer, schlägt mir vor, ich
solle an der Hauptstraße warten. Ich schleppe die Kiste zur
Ecke, warte zehn Minuten, da kommt auch schon meine

Frau, hält mitten auf der Straße, ich stürze zum Kofferraum, der geht nicht auf, ein Polizist – *der* Polizist – beobachtet uns, kommt, sagt freundlich, während ich am Kofferraum rüttle, er werde meine Frau am Fenster verständigen, die hektisch versucht, im Mietwagen den Öffnerknopf für den Kofferraum zu finden. Sie sieht den Polizisten neben der Scheibe, denkt: »O Gott, ich halte im Halteverbot«, gibt Gas und rast davon. Ich stehe da mit meiner Riesenmelone.

Eine Viertelstunde später, der Polizist wartet mit mir, kommt sie auf Umwegen über das Einbahnstraßensystem wieder angefahren. Meine Frau sagt beim Losfahren, wegen des »Kack-Polizisten« habe sie nicht anhalten können. Sie fürchtete ein Strafmandat. Sie sagt wirklich »Kack-Polizisten«, was sie sonst nie sagt. Es ist sehr heiß.

Ich sage: »Das ist gar kein Kack-Polizist, der hat mir helfen wollen. Du bist sinnlos davongebraust.« Der Polizist packt die Melone in den Kofferraum. Ich rufe ihm in meinem spärlichen Französisch ein herzliches »Merci!« zu.

Das Leben wäre ein Paradies, wenn wir die Welt nicht missverstehen würden. Die Wespen wissen noch nichts von ihrem Melonenglück.

Mit rauchendem Colt

Michelle Obama und Ann Romney – wie zwei Ladys in Amerika für ihre Gatten kämpfen

Vor gut vier Jahren, der amerikanische Vorwahlkampf der Demokraten zwischen Hillary Clinton und Barack Obama war noch längst nicht entschieden, traf ich Elli Coppola bei einem Konzert ihres Schwiegersohns und meines Neffen in Paris. Schwarz oder Frau, wer würde nach ihrer Einschätzung und ihrem Gefühl gewinnen, fragte ich Frau Coppola, starke Frau eines Macho-Regisseurs und Mutter einer starken Tochter, Sofia Coppola, die längst aus dem Schatten ihres Vaters, des »Pate«-Regisseurs, herausgewachsen war.

Ohne zu zögern, antwortete sie, dass Barack Obama gewinnen würde, eindeutig. Im breiten Land zwischen Ostküste und Westküste würde man niemals eine Frau als Kandidatin für das höchste Amt wählen.

Diese Szene ist mir jetzt wieder eingefallen, als sowohl bei der Nominierung des republikanischen Herausforderers Mitt Romney als auch bei der Wiederaufstellung des amtierenden Präsidenten Barack Obama die Ehefrauen zum letzten Gefecht der beiden Kandidaten auftraten und wie Löwinnen kämpften. Michelle Obama für Barack, Ann Romney für Mitt.

Beide Männer, Herausforderer wie Amtsinhaber, schwächeln. Romney ist gefällig farblos, Obama hat sich aus der Wirtschaftskrise und der außenpolitischen Schwäche in das Präsidentenamt eingeigelt. So blieb es den Frauen, beide auch starke Mütter, vorbehalten, für ihre Männer entscheidend in die Gefühlsharfe zu greifen. Beider schlagendstes Argument: Wie als Familienväter würden sie sich auch um das amerikanische Volk kümmern und sorgen.

Wäre Ähnliches in Deutschland denkbar? Könnte Professor Sauer die häuslichen Tugenden seiner Frau loben, Steinmeiers Frau die aufopfernde Liebe ihres Gatten? Michael Mronz die Fürsorge Guido Westerwelles, oder hätte gar Bettina Wulff die bedingungslose Ergebenheit ihres geschiedenen Präsidentengatten rühmen dürfen?

Keinesfalls – was zeigt, dass Amerika immer noch nach dem Prinzip der makellos intakten Ehe und Vorbildfamilie regiert werden will. Es ist die Western-Mentalität, wie sie Grace Kelly als Sheriff-Gattin Gary Coopers praktiziert. Als der fast schon am Ende ist, schießt die frisch unter die Haube gekommene Quäkerin, obwohl prinzipiell Pazifistin, den Feind ihres Gatten nieder und rettet ihn in letzter Minute. Mit rauchendem Colt.

Elstner und unsere gefiederten Freunde

Vom Vogel, seinem hochgefährlichen Plural
und allerlei schmutzigen Gedanken. Wie es einst
bei »Wetten, dass ..?« zuging

Am letzten Dienstag erhielt Frank Elstner in der vom ZDF am Donnerstag ausgestrahlten Fernsehpreis-Gala, die wohltuend locker und komisch war, als wäre sie eine Fortsetzung der »heute-show«, den Ehrenpreis für sein Lebenswerk, den er auch annahm. Und das war wohlgetan, denn Elstner ist nicht nur der neugierigste, am besten vorbereitete und freundlichste Moderator, quicklebendig und altgedient zugleich, er hat auch Deutschlands erfolgreichste Familiensendung, nämlich »Wetten, dass ..?«, erfunden, in der an diesem Sonnabend erstmals Markus Lanz im Fernduell mit seinem zeitgleich bei RTL tätigen Vorgänger Thomas Gottschalk um den Quotenkönig-Titel kämpft. Als Elstner die große Sonnabendshow noch selbst moderierte, lebten wir in einer (auch sprachlich) heilen Welt. Für die Liebe in der speziellen Form des Sex gab es offiziell neben den schmutzigen V-Wörtern und F-Verben, die im Fernsehen bäh und tabu waren, nur die Tätigkeit des »Miteinanderschlafens« oder gar das biblische »Beiwohnen« – seltsam müde und ruhige Worte für eine bewegende und bewegte Tätigkeit, sodass wir als verschlafenes Volk der Schlaffis galten, das noch lange keinen Sex »hatte« oder gar »machte«. »Sex« war ein verpönter Anglizismus. Ein Fremdwort. War das der Grund, warum uns Uli Wickert am Ende der »Tagesthemen« stets eine »geruhsame Nacht« wünschte? Nur Klein Erna bemerkte nach dem ersten Mal zu ihrem Hein aufgestört: »Rein oder raus! Das ewige Hin und Her macht mich ganz nervös!«

Damals hatte Elstner einen Mann als »Wetten, dass ..?«-Gast, der sämtliche Vogelstimmen, also Amsel, Drossel, Fink und Star und die ganze Vogelschar, an ihrer Stimme erkennen konnte. Der Plural von »Vogel« war in einer Sendung für die ganze Familie ein gewisses Risiko, das Elstner zu vermeiden suchte. Was da alles schiefgehen konnte! Also sprach er statt von Vögeln von »unseren gefiederten Freunden«. Doch das Unterdrückte, Verdrängte, wir wissen es dank Freud, schlägt zurück. Ich dachte jedes Mal, wenn er wieder die gefiederten Freunde nannte: Warum spricht er nicht von Vögeln? Und seither konnte ich nie etwas von »gefiederten Freunden« hören, ohne schmutzige Gedanken zu haben.

Es war dies ein unfreiwilliges Beispiel für Loriots Pannen- und Benimmregel-Humor, bei dem ein Staubsaugervertreter die Hausfrau mit dem Werbespruch gewinnt: »Es saugt und bläst der Heinzelmann, wo Mutti sonst nur saugen kann!« Der Heinzelmann, auch Karl-Heinz oder Heinzi genannt, war der Prototyp des Deutschen, gespiegelt in den Mainzelmännchen, die zwar giggern und gaggern, aber von Tuten und Blasen keinen Schimmer haben – und auch nicht von Amseln, Drosseln oder gar Vögeln. Damals sprach man, wenn überhaupt, vom Storch. Der sorgte für die geruhsame Nacht.

Leise rieselt's im Schnee

Als Grass noch seinen Mann stand. Von Annerose, Aurora und allem, was nicht gesagt werden muss

Anfang April veröffentlichte Günter Grass – Sie, geneigter Leser, werden sich erinnern – in der »Süddeutschen Zeitung« ein Gedicht, in dem er Israel vor einem Krieg gegen den Iran warnte. Die meisten fanden das Gedicht grottenschlecht bis unterirdisch, die Lage im Nahen Osten hat sich seit dieser Zeit nicht gebessert, im Gegenteil. Und das Gedicht versprach nur in einer Zeile Hoffnung, als der Autor fragte: »Warum sage ich erst jetzt, gealtert und mit letzter Tinte« … was gesagt werden muss?

Leider war es nicht »die letzte Tinte«, der Autor ist weiterhin lyrisch inkontinent und tröpfelt im freien Versstrom vor sich hin. Er hat dem Unsäglichen, das er sagen zu müssen glaubte, einen Gedichtband »Eintagsfliegen« folgen lassen, in dem er Talkshows bedichtet, empfiehlt, den Bundespräsidenten durch einen Roboter wählen zu lassen (Achtung, Ironie!), und seinen Enkeln laut zuruft, den »Krempel, aus Sklavenarbeit gewonnen« (er meint Smartphones etc.), einfach wegzuwerfen.

Auch von der Liebe, dem Harndrang einst und jetzt sowie dem Unterschied zwischen Jungsein und Prostata-Sorgen ist die lyrische Rede, aber wer denkt, das sei besser als die politische Stammtisch-Kannegießerei, merkt schnell: Da kommt Grass vom Regen in die Traufe und liefert auch im Wortgefäß eine Urinprobe.

Hier also das Gedicht, das offenbar ein unverbesserlicher Stehpinkler verzapft hat: »In jungen Jahren konnte ich / mit strammem Strahl / die Namen der jeweils Geliebten, / selbst längere wie Annerose und Aurora, / in den Schnee pinkeln, sogar / mit zärtlichem Vorwort und Nachwort; / sobald es gegenwärtig schneit, / bin ich dankbar, wenn es gerad noch / zum Bekenntnis für Ute reicht.«

Zur Erläuterung: Ute ist die Grass-Gattin. Man ahnt, dass sie hofft, dass es so bald nicht schneit und dass sie ihm die Bettpfanne unterschieben kann, bevor es zum Äußersten kommt.

Das Gedicht speist sich aus zwei Quellen oder Blasen, wenn man so sagen darf. Einmal aus dem Ausspruch des großen Malers Max Liebermann, der beim Anblick eines Bildes eines schwachen Kollegen gemurmelt haben soll: »So wat piss ick Ihnen in den Schnee!« Nach einer anderen Version soll der großbürgerliche Impressionist, dessen Herz links schlug, gesagt haben, als man ihm vorschlug, den damaligen Reichspräsidenten Hindenburg zu malen, dass er den in den Schnee pinkeln könne.

Die andere Quelle ist der galizische Witz aus der Zeit, als die Garnisonsoffiziere noch handschriftlich mit ihresgleichen und der Liebsten verkehrten: Da wird ein Offizier aus dem Kasino verbannt, weil er nachts in den frischgefallenen Schnee gepinkelt hat: »Natascha, ich liebe dich!« Und zwar unverkennbar – Natascha war die siebzehnjährige »federführende« Tochter des Regimentskommandeurs – in ihrer Handschrift. Was bei Tageslicht graphologisch offenbar wurde.

Bei Günter Grass aber wird das zu einer Altherrenzote, die sich – »Ho! Ho! Alter Schwerenöter!« – erinnert, wie er sich in jungen Jahren seine Registerarie, von »Annerose bis Aurora«, stramm aus der Blase strunzte, wo er jetzt leider nur noch die letzte Tinte nicht halten kann.

We apologize for aua English!

120 Minuten Verspätung im ICE – wie die deutsche
Eisenbahn ihre Kunden sprachlich erfreut

Die beliebteste deutsche Mundart ist zurzeit ohne Zweifel
das Schaffner-Englisch. Ganze Internetportale füllen sich
Tag für Tag mit den Versprechern für unvorhergesehene
und vorhersehbare Pannen der Bahn, wie das soeben er-
schienene »Spiegel Online«-Buch »Sorry, wir haben uns
verfahren« belegt.

Beispiele gefällig? Nach der Ansage »Wochenend-Ti-
ckets sind in diesem Zug nicht gültig« folgte die beunru-
higende Übersetzung: »Ze weekend tickets in zis train are
not ... äh ... guilty!« Oder: »Tu se dschäntelmän hu ordert
se Bistro Baguette, your Bistro Baguette is räddi.« Dieses
Kauderwelsch ist inzwischen so beliebt, dass man den Ver-
dacht haben muss, gut Englisch sprechende Zugbegleiter
würden inzwischen zu vierzehntägigen Crashkursen »Wie
verschlechtere ich mein Englisch?« gezwungen, um die
Fahrgäste bei Laune zu halten.

Anders geht es in den zweistöckigen Regionalexpress-
zügen zu. Da ertönt vor jeder Station auf der Elektroorgel
der erste Takt des schwäbischen Reiselieds: »Jetzt kommen
die lustigen Tage, Schätzle, ade!« Und dann, mit einer makellos fehlerfrei artikulierenden Stimme: »Der nächste Halt
ist ...«, »Ausstieg in Fahrtrichtung links«, »Wir wünschen
einen angenehmen Aufenthalt« und / oder »eine angeneh-
me Weiterfahrt«. Hört man dem ein paar Stationen lang
zu, fühlt man sich mutterseelenallein gelassen. Man weiß:

So perfekt spricht kein Mensch. So fehlerfrei kommt eine Stimme nur vom Band. Menschsein heißt Fehler machen.

Als ich neulich nach Kiel fuhr, begleitete mich auf der Hinfahrt diese Ansage in ihrer kalten Perfektion, ohne eine Lücke für Schadenfreude oder Anteilnahme. Und wie war ich froh, als ich auf der Rückfahrt in einem IC den Schaffner in Kiel zu später Nacht hörte: »Wir begrüßen Sie in unserem IC nach Kiel mit Halt in …« Hier unterbrach er sich: »Verdammt, hab ich jetzt Kiel gesagt?« Lachen. »Verdammt, natürlich auf unserer Fahrt nach Hamburg Hauptbahnhof.« Da fühlte ich mich unter Menschen und nicht allein gelassen mit Maschinen und lernte wieder: Was uns so menschlich macht, sind die kleinen Fehler. Wenn sie sich nicht zu Katastrophen auswachsen.

Aus der Zeit, als es in den Ansagen noch »Thank you for travelling with Deutsche Bahn« hieß (statt »choosing« wie zurzeit), berichtete ein leidgeprüfter Kunde von einer Fahrt aus einem schon 60 Minuten verspäteten ICE in Richtung München. Tapfer hatte der Schaffner in klassischer Speech gesagt: »We apologize for the inconvenience … thank you for travelling with Deutsche Bahn.« Aber als irgendwann die Verspätung auf 120 Minuten angewachsen war, da hörte man den Schaffner auf einmal sagen: »We apologize for travelling with Deutsche Bahn.« Recht hatte er.

Wulff im SPD-Schafspelz

Von einem 25 000-Euro-Waterloo und einer ziemlich späten Spende. Wie Steinbrück in der Wählergunst zum Rolling Stone wird.

Zu Beginn dieser Glosse möchte ich eine Geschichte von einem Tenor und einem Zahnarzt erzählen. Also, ein Tenor sitzt im Zahnarztstuhl, der Arzt muss eine lange, schmerzhafte Operation in seinem Mund vollführen. Als er fertig ist, sagt er anerkennend zu seinem Patienten: »Sie waren aber sehr tapfer und ruhig!« Sagt der Tenor: »Ohne Gage bekommen Sie aus mir keinen Ton heraus!«

Die Geschichte ist mir aus gegebenem Anlass nicht zu einem Sänger, sondern zu einem Politiker eingefallen, der kein Chorknabe, sondern der Kanzler-Aspirant der SPD ist. Denn Steinbrücks Weg zur Kandidatur hat sich seit Bekanntwerden seines Bochumer Auftritts bei den Stadtwerken für 25 000 Euro zu seinem Waterloo ausgewachsen. So witzelten Grüne auf ihrem Neujahrsempfang, zu dem er nicht auftrat (weil er ohne Gage den Mund nicht öffnen wollte?), die SPD würde unter ihren Parteitagsdelegierten schon Geld sammeln, um sich seine Parteitagsrede zur Kandidaten-Kür leisten zu können. Als »Wulff im SPD-Schafspelz« geistert er durch die eigenen Reihen, und in der Tat hat er die Affäre so tapsig behandelt wie der wulffende Ex-Präsident. Jetzt will er das Geld doch wohltätig abführen, wie ein spät reuiger Sünder, beharrt aber darauf, dass die Veranstalter das niemals verlangt hätten.

Dieses Kuddelmuddel erinnert an die Geschichte vom Mann, der sich vor Gericht verteidigen muss, weil er angeblich einen geliehenen Krug zerbrochen hat. Und der zu seiner Entlastung sagt: »Erstens habe ich mir gar keinen Krug geliehen. Zweitens habe ich ihn ganz zurückgegeben, und drittens war er schon zerbrochen, als ich ihn mir geliehen habe.« Erstens wollte ich nicht spenden, zweitens hat mir das niemand gesagt, und drittens spende ich jetzt.

Auch sein unseliger erster Anlauf, mit Altkanzler Schmidts Hilfe Kanzlerkandidat zu werden, entpuppt sich jetzt vor allem als gelungener finanzieller Coup. Eigenwerbung als Bestseller-Goldgrube.

In der Wählergunst ist das Fass übergelaufen, das Maß voll. Steinbrück und die SPD purzeln in Umfragen, der Kandidat ist im freien Fall. Sein Nachname wird nach der ersten Silbe schon wieder mit -meier buchstabiert.

Alles auf Zucker

Aus dem Internet fließen nicht nur Häme und Bosheit:
Wie Claudia Roth eine bittere Niederlage versüßt wurde

Kürzlich war ich in Bautzen, der malerischen Stadt in der Oberlausitz, die mit engen Gassen, hohen Türmen und restaurierten Mauern den Besucher die Schrecken vergessen lässt, die einst durch das berüchtigste Zuchthaus der DDR für politische Gefangene mit dem Namen Bautzen verbunden waren. Die Stadt bot mir einen einmaligen Komfort, ich konnte einen Karasek-Turm besichtigen und in einem Lokal Zum Karasek essen. Das verdanke ich einem Namensvorfahren, der als Räuberhauptmann in der Gegend brandschatzte und raubte. Eine Art Verwandter von Schillers Räubern, ein deutscher Robin Hood, der der Legende nach von den Reichen nahm und es den Armen gab. Mir fiel der arme Johannes Karasek jetzt ein, weil er tagelang am Pranger auf dem Bautzener Markt im Halseisen stehen musste, bevor er elendig starb. An diesem Pranger wurde er vom Pöbel, wie die Quellen berichten, »fleißig mit Kot, verfaultem Obst und verdorbenen Eiern beworfen«.

Man sieht, auch das vordigitale Zeitalter hatte schon seinen Shitstorm. Dieser ist der Pranger der Neuzeit, der sich im Internet über Strauchelnde, Skandalisierte, Fallende hermacht, um sie verbal einzukoten. Als es den Pranger nicht mehr gab und den Shitstorm noch nicht, arbeiteten erboste Politik-Fans mit Farbbeuteln. Joschka Fischer erlebte das 1999, vor dem Kosovokrieg, bei seinen erbosten Parteifreunden.

Jetzt hätte es Claudia Roth erwischen können, die im Übermut die Basis herausforderte und dann bei der Urwahl unterlag. Auch sie gilt ja als eine Art weiblicher Robin Hood, der überall nur Gutes wirkt und Böses anprangert. Aber, o Wunder, statt mit Kot, fauligem Obst und Eiern wurde Claudia Roth nach der Erniedrigung durch das Parteivolk im Internet mit einem Candystorm bedacht, wie sie es selbst beglückt empfand. Candystorm, das ist in Denglisch das, was in biblischen Zeiten als Manna vom Himmel fiel. Mit Zuckerwattebäuschen wurde sie beworfen. Sie war zu Tränen gerührt. Aus dem Internet können nicht nur Häme und Bosheit fließen, sondern auch Milch und Honig. So wurde der gefürchtete Pranger zu ihrer Trostsäule und Stütze. Es gibt also auch im Internet gute Zeiten nach schlechten Zeiten. »Alles auf Zucker«, wie der Filmtitel es sagt.

Anders ergeht es zurzeit hohen US-Militärs. Ihnen fliegen im Internet die eigenen erotischen Entäußerungen und gestammelten Ehebrüche per E-Mail als Bumerang um die Ohren. Einer soll in einer 20 000 bis 30 000 Seiten starken E-Mail-Korrespondenz eine Frau mit dem Wort »Sweetheart« belästigt haben, für einen harten Soldaten ein Zeichen verdorbener Verweichlichung.

Sense mit dem Tod

Von der ARD-Themenwoche und Woody Allens Frage:
Wer sorgt in der Ewigkeit für saubere Wäsche?

Diese Woche war der Tod dran, als Thema der Woche bei der ARD, Tod auf allen Sendern. Das hatte natürlich seinen kalendarischen Grund: Volkstrauertag, Buß- und Bettag (zumindest in Sachsen), Totensonntag. Da war der Tod ein gefragter, wenn auch wie immer ungebetener Gast.

Man wunderte sich, dass er nicht leibhaftig (richtiger wäre: skelettig) als Gast bei Talkshows aufgetreten ist. Bei Jauch oder Beckmann, bei Plasberg in einer Sendung, die dann »beinhart aber unfair« geheißen hätte. Aber wahrscheinlich wäre er mit seinem Handwerkszeug, mit Sanduhr, Hippe und der scharfen Sense, nicht durch die Sicherheitskontrollen gekommen. Auch hätte sein Outfit, die knochige, kahle Nacktheit, als unschicklich gegolten, obwohl längst alles anstößige Fleisch von Brustkorb und Becken gefallen ist.

Egal, er war auch so in aller Munde. Mir war das Beschwören des klapprigen Gevatters ohnehin zu viel. Als ich vor ein paar Jahren über das Alter schrieb, das ja bekanntlich im Tod mündet (wenn er die Menschen nicht eher ereilt), fand ich ein Bild, ein Cartoon des »New Yorker« aus den vierziger Jahren. Da fällt ein Mann von einem Wolkenkratzer, sagen wir vom hundertsten Stock, aus dem Fenster und stürzt gerade an der vierzehnten Etage vorbei. Sein Gesicht zeigt ein breites Grinsen. Und seine Wortblase sagt: »Bisher ist ja alles gutgegangen!« Das ist ein notwendiger, wenn auch kurzsichtiger Optimismus in der Schlusskurve der Lebensbahn.

Wenn wir den Tod nicht verdrängten, um weiterzuleben, würden wir ihm früher anheimfallen. Montaigne hat in seinen »Gedanken« geschrieben, es sei im Grunde nutzlos, ja schädlich, sich vorzeitig (vor dem Ende) mit ihm zu beschäftigen. Und er pries den einfachen ungebildeten Bauern, den der Tod unerwartet und plötzlich überfällt. Wie den Mann, der an den Stockwerken vorbeisegelt. Natürlich kann man auch mit Woody Allen fragen: »Gibt es ein ewiges Leben nach dem Tod? Und wer sorgt dort für saubere Wäsche?«

In Themen-Talkshows kann man den Tod nicht einmal zerreden. Jetzt ist damit Gott sei Dank wieder, wie man so treffend sagt, Sense!

Pirelli auf der falschen Spur

Wie der sehnlichst erwartete Kalender der Reifenfirma
uns für das nächste Jahr die wichtigsten nackten
Tatsachen vorenthält

Ist wieder eine Festung der Männerphantasien geschleift
worden? Wieder eine Augenweide für Autofans und Voy-
eure feministisch umgepflügt? Der »FAZ« war es immerhin ein Bild auf Seite eins wert, mit der oberlehrerhaften
Überschrift: »Thema verfehlt«. Auf dem Bild war nur andeutungsweise und sehr abstrakt und wie in Tropfen auf-
gelöst ein Körperteil zu sehen, der eher an ein Naturereig-
nis als an einen verlängerten weiblichen Rücken erinnerte.

Worum ging es? Der Pirelli-Kalender erscheint jedes
Jahr, sehnlichst erwartet, seit 1964. Obwohl diesmal von
dem illustren, preisgekrönten Fotografen Steve McCurry
abgelichtet und zusammengestellt, lässt der Kalender 2013
Männerwünsche buchstäblich verdorren und verhungern.
Der Fotograf hat sich Frauen in Rio ausgesucht, die sich
durch soziales Engagement auszeichnen. Und wenn er
einen einzigen Halbakt zeigt, dann das hochschwangere
Topmodel Adriana Lima, wo nur der Bauch frei ist und
vom künftigen Mutterglück der sozial Engagierten kündet.
Wir erinnern uns, Pirelli ist eine Autoreifenfirma, deren
jährlicher großformatiger Kalender das Höchste an ästhe-
tischem Raffinement aus dem Ausziehen und Abbilden
von schönen und sinnlichen Frauen für gierige und ver-
wöhnte Männeraugen präsentiert. Ein jährliches Highlight
zum monatlichen Abreißen, im Autosalon oder, noch besser, in der Autowerkstatt.

Wie wirbt man, verdammt noch mal, für Autoreifen? Das Michelin-Männchen mit seinem eher wulstigen Körper versucht es über den Weg, dass Liebe zum Auto auch durch den Magen geht, und verteilt Sterne für Gourmet-Tempel. Pirelli ging bisher den Weg allen verfeinerten Fleisches. Michael Kleeberg hat in seinem grandiosen Macho-Roman »Karlmann« eine glänzende Satire auf das Macho-Gehabe geschrieben, die das Auto wie den Reifen mit weiblichen Drei-Sterne-Pin-ups vermarktet. Da hängt im Büro des Autohauses, das der sexversessene Karlmann betreibt, das Pirelli-Abreißbild einer vollbusigen Schönheit, und der rücksichtslose Augenmensch denkt nicht einmal daran, den Kalender abzuhängen, als seine Sekretärin eine Brustkrebsoperation hinter sich hat. Derartiger Machismo wird im Buch bestraft, am Ende verlässt den Helden seine vernachlässigte Frau in Liebe zu ihrer Professorin.

Wollte Pirelli dem jetzt vorbeugen mit dem neuen Kalender? Die »FAZ« rügt jedenfalls, dass Steve McCurry als Zweiter an einer schlichten Aufgabe gescheitert sei, denn: »Der Auftrag lautet nur, keine Autoreifen, sondern mehr oder weniger nackte Frauen so zu fotografieren, dass sie noch beim kleinsten Kfz-Mechanikerlehrling die traditionellen Reaktionen hervorrufen.«

Karl Lagerfeld hatte es 2011 gewagt, seinen Pirelli mit frontal abgebildeten männlichen Nackten aufzumischen. Auch das erinnert schon an Reifen mit quietschenden Bremsen.

Früher war mehr Lametta

Von der wechselnden Halbwertszeit
der Weihnachtsbäume im Norden, Süden –
und in Krisenzeiten

Jetzt, wo das Weihnachtsfest naht und die Weihnachtsbäume schon auf allen Marktplätzen tapfer in die Nacht leuchten, kommt mir zwangsläufig Loriots Klassiker in den Sinn, bei dem der Großvater den Heiligen Abend mit Tschingderassatäterää-Marschmusik begrüßt und sagt: »Früher war mehr Lametta.« Und das Kind bei Loriot mit einem fröhlich explodierenden Atomkraftwerk beschenkt wird.

Das Lied »Morgen kommt der Weihnachtsmann« ging im Original so weiter: »Kommt mit seinen Gaben. / Trommel, Pfeife und Gewehr / Fahn und Säbel und noch mehr, / Ja, ein ganzes Kriegesheer / Möcht ich gerne haben.« Ich erlebte dank meines Lebenslaufs Weihnachten 1944 im letzten Kriegswinter. Es gab überreichlich Lametta. Das »Deutsche Jungvolk«, zu dem ich gehörte, sammelte Tag für Tag in den Wäldern Unmengen von glitzernden Metallfäden. Sie waren von den alliierten Bomberverbänden tonnenweise abgeworfen worden, um die deutschen Radargeräte zu täuschen.

Später habe ich mich mit der Umlaufzeit von Weihnachtsbäumen auseinandersetzen müssen, ihrer Halbwertszeit nach dem Fest. In Andersens Märchen wird der Weihnachtsbaum gleich noch am Heiligen Abend, ratzfatz, geplündert. Er war damals nicht nur ein Bote des christlichen Lichts, »auf die Zweige hängten sie kleine

Netze, (…) jedes Netz war mit Zuckerwerk gefüllt, vergoldete Äpfel und Walnüsse hingen, als wären sie festgewachsen«. Der Weihnachtsbaum war also ein Naschmarkt für Heiligabend.

Da Bäume die unangenehme Eigenschaft haben, zu nadeln, fliegt er bei uns unmittelbar nach Neujahr auf die Straße. Im katholischen Süden hat er bei mir bis zu den Heiligen Drei Königen überlebt. In den vierziger Jahren in Schlesien gab es einen Dauerwettbewerb, den Weihnachtsbaum bis Ostern zu retten. Er stand dazu in der ungeheizten, ungenutzten guten Stube. 1944 musste ich den Weihnachtsbaum vor der anrückenden Roten Armee jäh Ende Dezember verlassen. Wie lange er noch stand, weiß ich nicht. Damals war ich darüber traurig, heute bin ich heidenfroh. Auch über weniger Lametta.

Starker Tobak

Altkanzler Schmidts Lieblingszigarette soll verboten werden. Von Menthol, Eierlikör und politischem Schall und Rauch

Jetzt, da es den Rauchern seitens der EU wieder mal an Kopf und Kragen respektive ans Inhalieren gehen soll, steht er, gewissermaßen als Volksfeind Nummer eins, im Fadenkreuz der Kampagne: Helmut Schmidt. Denn im Schussfeld des Verbots steht ausdrücklich die Mentholzigarette, die erkennbar und erklärtermaßen der Lieblingsglimmstängel des greisen Rauchers ist. Die Fluppe mit sogenanntem »charakterisierenden« Geschmack (sprich: Menthol) soll vom Markt genommen werden, aus den Tabakläden verschwinden. Dabei ist der Altkanzler, der unter Qualm-Absonderung und in blauen Dunst gehüllt besonders konzise und klare Gedankenketten ins Fernsehstudio pustet, sozusagen das beste, ältestgediente lebendige Gegenbeispiel gegen die beschworene Gefahr.

Er fungiert dabei als ähnliches statistisches Paradebeispiel wie die beiden Zwillinge, von denen der eine rauchte und achtzig Jahre wurde. Und der andere nie eine Zigarette angerührt hatte. Dafür aber schon im Alter von vier Jahren starb. Tja, die Statistik. Sie funktioniert wie bei der Beschneidungsdebatte; da wird ein orthodoxer Jude gefragt, ob ihm die Circumcision am achten Tag nach der Geburt gesundheitlich geschadet habe, und er antwortet: »Sehr! Ich konnte ein Jahr nicht gehen und ein Jahr nicht sprechen.«

Nun bin ich der Letzte, der gegen den Kampf gegen das

Rauchen angehen würde, habe ich selbst mir doch unter Mühen vor vierzig Jahren das Rauchen abgewöhnt und lebe immer noch. Und weiß, dass 140 000 Menschen im Jahr in Deutschland an Folgen des Tabakkonsums sterben. Aber was für und gegen das Menthol angeführt wird, grenzt ans Groteske. So mache es angenehmeren Atem, steigere die Durchblutung der Lungen und verführe damit als Einstiegsdroge zum Rauchen, weil es den eklig bitteren Tabakgeschmack beseitige. Das klingt so, als wolle man Eierlikör verbieten und Whisky nicht, weil er leichter die Kehle runterflutsche.

Im Übrigen sind alle Abkommen ohnehin Schall und Rauch. 2003 hatte Deutschland dem WHO-Abkommen zugestimmt, das Außenwerbung für Zigaretten verbieten und Automaten abschaffen wollte. Ohne dass das bis heute umgesetzt worden wäre.

Geht die Welt in einer Villa unter?

Schwarze Löcher, verbrennende Sonnen, ein arbeitsloser Gottschalk: Die Prognosen fürs Jüngste Gericht lassen uns hoffen und warten

Leider erst am Freitag las ich in einem Artikel des Astrophysikers Ben Moore, dass die Wahrscheinlichkeit, die Erde gehe entsprechend den Prophezeiungen des Maya-Kalenders unter, 0,0 Prozent betrage. Null Komma null, null Komma nichts. Also setzte ich mich seufzend nieder, um die Glosse noch auf dieser Erde zu schreiben. Begründung des Professors: »Die Maya waren einfallsreich und schlau, aber sie hatten nicht die Technologie, um etwas vorherzusagen, was über das Auftreten von Tag und Nacht und die Jahreszeiten hinausging.« Na, dann gute Nacht, Untergang!

Die Wahrscheinlichkeit, dass die Erde durch Schwarze Löcher untergeht, beträgt 0,000000000000000000001 Prozent. Richtig: null Prozent mit 21 Nullen nach dem Komma. Eigentlich schade, denn dieser Untergang wäre ein schönes Schauspiel. Die Erde würde sich spaghettiförmig zusammenkrümmen, um dann in einem schwarzen Loch wie in einem großen Topf zu verschwinden. Ein Ende al dente.

Dagegen ist der Hitzetod der Erde durch das Verglühen der Sonne zu 100 Prozent sicher. Beim Treibstoffmangel wird die Sonne immer heißer und heller, die Erde wird unbewohnbar. Wenn ich heute in den grauen Himmel schaue, kommt mir das ziemlich unvorstellbar vor, aber 100 Prozent sind 100 Prozent, allerdings droht dieses Weltende erst in einer Milliarde Jahren. »Etwa«, sagt der Physiker. Etwa ist gut bei einer Milliarde. Klingt nach Rettungsschirm.

In Deutschland gibt es andere Szenarien des Untergangs. Szenario Nummer eins: Thomas Gottschalk findet 2013 keinen Sender mehr, der ihm eine Samstagabendshow verschafft. Die Zeichen standen auf Sturm, Gottschalk drohte im Schwarzen Loch zu verschwinden, da hatte der WDR ein Einsehen und versprach dem Entertainer eine Samstagabendshow in der ARD noch bis Mai.

Auch der Weltuntergang durch die kulturelle Finsternis, sprich: das Ende des Suhrkamp-Verlages, wird sich noch aufhalten lassen. Hoffentlich! Zwar sieht Peter Handke in dem Mitgesellschafter HB, Hans Barlach, das archaisch Böse, den »bösen Mann« schlechthin am Werke, was einem eschatologischen Showdown gleichkommt. Satan als der böse Mann gegen Ulla, die gute Göttin. Dabei hat sie nur Edles im Sinn, sie vermietete ihre Villa selbstlos an sich selbst, Privatperson an Geschäftsführerin, vom Ich an das Über-Ich nach den esoterischen Kursen, die sie sich für 100 000 Euro verschrieb und dem Verlag verrechnete: »Wie bekämpfe ich das Böse in der Welt durch übersinnliche Werke und steigere die Rendite des Guten?« 100 Prozent Unwahrscheinlichkeit.

Sie hätte an das Sprichwort denken müssen: »Wer mit dem Bösen isst, muss einen langen Löffel haben.«

Der, die – oder doch lieber das?

Gedanken zum richtigen Geschlecht – das Kind, das Mädchen und das Gott

Am Anfang war das Es. Da hat das Ministerchen, das als »Sie« Frau Schröder heißt, schon recht, wenn sie ihrem Kind von »das Gott« vorliest, obwohl das grammatikalisch »von dem Gott« heißt, egal ob er ein »Er« oder »Es« ist. Im Dativ sind alle Männer gleich, wenn auch nicht alle Menschen.

Mit der Grammatik ist das so ein Ding. In Süddeutschland war eine Frau »das Mensch«, wenn sie sich besonders hemmungslos weiblich – und das bedeutete damals: unsittlich – aufführte.

Wie gesagt, am Anfang war das Es. Mit »Es war einmal …« fängt jedes Märchen an, und auch in der Genesis heißt es: »Es werde Licht.« Bevor ich ein Bub wurde (damals schrien die Väter noch: »Es ist ein Junge!«), war ich ein Es, nämlich das Kind, das man nur durch den blauen Strampelanzug geschlechtlich kenntlich machte. Ich meine nicht das Embryo, sondern das Kind. Als Es war ich lieb, hilflos, lächelte so süß – das waren noch Zeiten, bevor ich Bub wurde und Er. »Der Junge treibt wieder Unfug.« Meine Schwestern blieben neutral. Bevor sie sie wurden, waren sie »das Mädchen«. Selbst Angela Merkel war unter Kanzler Kohl noch »das Mädchen«. Später habe ich dank Freud gelernt, dass der Bub und der Junge etwas Fürchterliches ist. Er hat einen Ödipus-Komplex, will seine Mutter heiraten, muss den Vater umbringen.

Das Es ist bei Freud, anders als das Ich oder gar das Über-Ich, die Brutstätte aller Triebe. Im Es geht es so wild zu, dass man es ständig verschließen muss. Als ich schon ein Bub war, lernte ich das wunderbare Lied: »Ein Ich-Du-Er-Sie-Eskimo fuhr einmal nach Paris / Und traf dort eine Mademoiselle, die war so zuckersüß.« Sofort hat er sich in einen Erkimo verwandelt, weil er sie küssen wollte. Aber so beruhigt das Lied »doch leider mit der Nase nur«, sodass er wieder zum Eskimo wurde.

In den Macho-Zeiten war das mit dem »der, die, das« ohnehin schwer. Damals galt der Seufzer der Mutter über ihre Tochter: »Meine Emma erwartet ein Kind. Der die das gemacht hat, will nicht zahlen.« Mit der Pille und dem richtigen Dativ wäre das ihr nicht passiert. Als Gretchen den Faust, also den Supermacho, fragt, wie er es mit Gott halte, sagt der zu »das Gretchen«: »Wer darf ihn nennen, wer ihn bekennen?« Und folgert daraus am Schluss: »Name ist Schall und Rauch.« Schall & Rauch – das klingt nach einem Geschäft, und das ist wieder »es«.

Himbeeren für Jedermann

Im Reich der restlosen Befriedigungen – wie die
Postmoderne den Früchten eine Wurmkur verpasste

Anfang der zwanziger Jahre, als Hofmannsthals »Jedermann«, das »Spiel vom Sterben des reichen Mannes«, noch ein Unikat der Salzburger Festspiele war, die es neben Mozart als zweiter Säule bis heute auch finanziell glanzvoll trägt, schrieb Polgar eine Glosse über einen reichen Mann, einen österreichischen Milliardär, der eine steinerne Villa, einen Mercedes-Benz mit des Nachts schneidenden Scheinwerfern besaß und der von Tag zu Tag reicher wurde.

Dieser Krösus fuhr nach Salzburg, sah das Stück und fuhr erschüttert von Salzburg »in dem Auto mit den furchtbaren nachtaufreißenden Scheinwerfern« heimwärts. Neben seiner Erschütterung hatte er die großartige Idee, den »Jedermann« kommerziell aufzupäppeln. Was dieser aber, wie gesagt, inzwischen längst allein kann, auf allen Plätzen und Speicherstädten des deutschen Sommertheaters, zum Ruhme Gottes und zur Besiegung des schnöden Mammons, der in persona auftritt.

Alfred Polgar schrieb von dem Milliardär: »Sein Besitz ist auf jener Höhe, wo nur mehr das Farb- und Duftlose gedeiht: Noch eine Milliarde, noch ein Haus, noch ein Auto, noch ein Frauenzimmer, noch ein Noch.« Und dann sinnierte Polgar: »Was gäb es denn für einen neuen Reiz in dieser Region der restlosen Befriedigungen?« Und kam zu dem Schluss: »Himbeeren ohne Würmer kann auch er nicht auf den Tisch bekommen.«

Da fiel mir ein, dass selbst für mich Mittelständler die weißen, sich aus der roten Frucht kringelnden Winzwürmer inzwischen der bewältigten Vergangenheit angehören. Selbst ich, der ich als Kind noch mit der Stecknadel in Himbeeren herumfischen musste und auch bei Kirschen auf Gewürm stieß, das im kalten Wasser aus der roten Frucht nach oben stieg, kann mir wurmfreie Beeren anstandslos leisten.

Manches Milliardärsprivileg ist also dem Fortschritt gewichen, ohne dass der die Menschheit glücklicher gemacht hätte. Ach ja, was waren Beeren und Früchte früher für Kostbarkeiten! Da kannte man das »Land, wo die Zitronen blühen« (Goethes Italien), da ließ sich der reiche Römer Lucullus Kirschen aus Kleinasien nach Rom bringen.

Später las ich in Augsteins Biographie über Friedrich II., dass der Preußenkönig gar nicht so sparsam war, sondern sich für ein Winterfest Kirschen aus Italien bestellte. Und, da es damals noch keine Cargo-Flüge gab, dieselben mit einer Stafette reitender Boten mitten im Winter nach Potsdam in sein Sanssouci transportieren ließ – so, wie heute, bestenfalls als Reminiszenz, nur noch das olympische Feuer reist.

Es ist Januar, der Himmel ist grau, die Luft feuchtkalt, die Bäume kahl, ich spaziere über den Marktplatz und sehe Kirschen, Brombeeren, Erdbeeren und denke: Mein Gott, in dieser Hinsicht bin ich jedem König und Milliardär überlegen! Was will ich noch? Und was noch mehr?

Allein im Regen

Warum die Gazelle keinen Menschen
zum Freund mehr hat. Und warum wir vor
der politischen Korrektheit verzagen

Es gibt Sätze, Zeilen, Zitate, die vergisst man ein Leben lang nicht. Dazu gehört für mich der Satz: »Ein Neger mit Gazelle zagt im Regen nie.« Im Regen nie! Ein Neger mit Gazelle! Stammt der aus einer besonders schönen Erzählung, als die Welt noch Abenteuer, noch Wildnis war, in Afrika etwa? Dagegen spricht das Präsens, in dem das Verb »zagt« steht und das den Satz beschließende »nie«. Es klingt doch eher nach einer Bauernregel oder nach einem Sprichwort. Einer Erfahrung aus »Robinson Crusoe« oder einer Geschichte in »Brehms Tierleben«, wo eine Gazelle und ein Schwarzafrikaner einander begegnen, und es regnet furchtbar, und beide wollen schon verzagen, da sehen sie einander und trotzen fröhlich dem Regen, obwohl sie keinen Schirm haben.

Ich habe an dieser schönen Geschichte einer Freundschaft zwischen Mensch und Tier zum Trotzen gegen die Naturgewalten das Wort »zagen« gelernt, das ich früher nur in Verbindung mit »zittern« kannte, nämlich »mit Zittern und Zagen«. Anfangs hielt ich das für zwei Musikinstrumente, da ich aber nie einer Zage begegnet bin, wusste ich eines Tages, es muss das Verb sein. Zittern und zagen. Bei Mozart bin ich dem Verb noch einmal begegnet, wo der Held Belmonte singt: »Nur ein feiger Tropf verzagt.« Seit der Zeit weiß ich, was ein Tropf ist und warum man daran hängt.

Inzwischen weiß ich, dass der Neger mit Gazelle ein Palindrom ist, was Griechisch ist und heißt: »das Zurücklaufende«. Palindrome wie der »Sarg«, der von hinten auch »Gras« ist, der »Reliefpfeiler« oder gar die schöne bittersüße Hoffnung: »Die Liebe ist Sieger: Rege ist sie bei Leid.« Einfacher für olle Römer: Roma – Amor!

Man kann von Palindromen lernen. Zum Beispiel die Warnung: »Leg in eine so helle Hose nie 'n Igel!« Ich beherzige das auch für dunkle Hosen. Und ich habe Gourmet-Vorlieben kennengelernt: »Hermine, sie mag Ameisen im Reh.« Das ist Geschmackssache.

Nun aber droht meinem Neger mit der Gazelle das endgültige Aus, der Todesstoß durch die politische Korrektheit, jetzt, da es dem »Neger« und »Mohren« im »Struwwelpeter«, bei Astrid Lindgren und bei Wilhelm Busch sprachlich an den Kragen geht. Hermine darf weiter Ameisen im Reh mögen, aber die Freundschaft zwischen Neger und Gazelle, ähnlich innig wie die zwischen Hase und Igel und Kind und Kegel, ist dahin. Das anmutige Tier muss alleine dem Regen trotzen, denn der Afroamerikaner oder Afroeuropäer, der Schwarze oder Farbige könnte sie zwar begleiten, aber alle ehemaligen Kolonialbevölkerungen passen in kein Palindrom mehr. Ist das auch gut so?

Ein Königreich für ein Pferd

Aber bitte nicht aus der Tiefkühltruhe! Warum so viel Ekel vor Lasagne? Einst kamen selbst Esel und Maultier in die Wurst

»Der Apfel fällt nicht weit vom Stamm«, sagte man in Zeiten, als die DNA-Analyse noch in weiter Zukunft lag und man die Verwandtschaft noch durch den freien Fall ermittelte. »Der (Pferde-)Apfel fällt nicht weit vom Ross«, hieß es entsprechend kalauernd, als man noch mit ein bis acht Pferdestärken reiste. Es ist nicht ohne Ironie, dass die Gebeine von Shakespeares berühmtestem Schurken, dem buckligen Richard III., ausgerechnet unter einem Parkplatz gefunden wurden. Hieß doch sein letztes geflügeltes Wort: »Ein Pferd, ein Pferd, mein Königreich für ein Pferd!«, bevor er vom Feind erschlagen und die Herrschaft der Plantagenets in den Rosenkriegen endete.

Nun klingt das schon abenteuerlich, wie man den DNA-Nachweis von Richard voraus in die Gegenwart verfolgen konnte, oder besser: »zurück in die Zukunft«. Ein Neffe des mordwütigen Gewaltherrschers, der damals alle lebenden Neffen und Frauen im Tower verfaulen oder durch das Schwert umkommen ließ, lebt, in der siebzehnten Generation, als kanadischstämmiger Michael Ibsen in London. Ibsen, auch nicht schlecht. Bei dem norwegischen Dramatiker waren die Königsdramen Shakespeares längst auf das Niveau bürgerlicher Gespenster gesunken, wo sich die Schuld der Väter in bösen DNA-Spuren (bei Ibsen Folgen der Syphilis und des Inzests, dem auch schon Richard frönte) niederschlägt.

Was man da heute alles rausfindet! So ist Isabella von Medici (1542–1576) nicht aus Eifersucht von ihrem Mann bei Tisch vergiftet worden, sondern, wie man soeben herausfand, an schwerer Nierenkrankheit gestorben. Nierennachweis nach fast fünfhundert Jahren. Mit heutiger Wurst wäre das nicht so einfach. So muss Fleischwurst nur acht Prozent Muskelfleisch enthalten, das nachweisbar ist, und das Pferd, das Richard so sehr fehlte und das jetzt in der Lasagne aufgetaucht ist, hat einen weiten historischen Weg genommen. Während sich alle Tiefkühltruhen-Feinschmecker vor Ekel schütteln, weiß ich aus der guten alten Zeit, dass die edelste italienische Wurst, die Salami, und ihre ungarische Verwandte, aus grobgehacktem Schweinefleisch faschiert wurden, das mit Pferde- oder Eselsfleisch gemischt und mit Knoblauch gewürzt wurde – damit es nicht mehr nach Pferd und Esel roch. Mein altes Lexikon von 1902 übrigens lässt eine andere italienische Köstlichkeit, die Mortadella, die nicht nach dem Tod, sondern nach dem Myrtengewürz benannt ist, aus Maultierfleisch gewinnen. Das Maultier ist bekanntlich eine Mischung aus Pferd und Esel. Hätte sich Richard 1485 bei der Schlacht von Bosworth notfalls auch mit einem Maultier begnügt, um Krone und Leben zu retten?

Wie der Schaffner den Star-Geiger stoppte

Selbst im eigenen ICE-Abteil ist der Bogen schnell überspannt. In Hamburgs Vier Jahreszeiten hat man mehr Nachsicht mit Prominenz

Das Vier Jahreszeiten ist in Hamburg das erste Haus am Platze, und der aus Wien stammende Maître des Grillrestaurants war eine Institution, fünfzig Jahre lang. Das Haus in schönster Lage ist nah am Wasser gebaut, die Ruhe im »Grill« vorbildlich. Nur das Klirren der Gläser und des Bestecks ist normalerweise zu hören.

Doch in fünfzig Jahren kann man selbst in dem vornehmsten Grill etwas Temperamentvolles erleben, im Auf und Ab der Beziehungen der Gäste. Aufmerksam war er, der Oberkellner, und so schrieb er, natürlich mit Füller: »Herr Bergauer, am 27. Mai haben Sie Ihre Frau kennengelernt, dazu meine herzlichsten Glückwünsche.« Und der Gast antwortete: »Herr Nährig, ich danke für Ihre Glückwünsche, aber Sie irren. Am 27. Mai habe ich meine Frau zum ersten Mal in Ihrem Grill getroffen, kennengelernt habe ich sie bis heute nicht.«

Das Erinnerungsbuch heißt »Gern hab ich Sie bedient« und verzeichnet auch einen temperamentvollen Beziehungskrach zwischen dem Schauspieler Ulrich Tukur und seiner Frau. Es wurde lautstark und dramatisch. Tukurs Frau sprang auf und sagte: »Ich gehe in die Elbe und ertränke mich.« Darauf ihr Mann: »Geh doch lieber hier in die Alster, sonst überlegst du es dir auf dem langen Weg vielleicht noch.« Inzwischen lebt Tukur mit seiner Frau seit mehr als zehn Jahren in Venedig. Der traut sich was! Wo man doch in Venedig noch näher am Wasser gebaut hat. Weshalb es auch eine Seufzerbrücke gibt. Touristen wissen natürlich, dass Berlin so wie Hamburg mehr Kanäle als Venedig hat, aber weniger Gondeln.

Vierzehn Tage vor der Buchvorstellung Rudolf Nährigs an der Alster wurde der »Preis für Lebensfreude« an der Elbe verliehen, im Hotel Louis C. Jacob. Wieder konnte man aufs Wasser blicken, und der Preisträger David Garrett bedankte sich artig, auch mit einer Kostprobe seiner paganinihaften Virtuosität auf der Geige.

Vorher erzählte er ganz traurig, er habe sich ein Abteil im ICE gemietet, um das Dankeschön-Stück zu üben. Aber dazu kam es nicht. Nach den ersten Bogenstrichen kam der Schaffner angestürzt und meinte: »Wenn Sie nicht sofort den Lärm unterlassen, setze ich Sie auf offener Strecke aus!« Vielleicht hat er es etwas höflicher gesagt, aber er hat dem Lebensfreude-Künstler damit doch einen melancholischen Seufzer entlockt.

Zum Wasser erzählt der Maître des Vier Jahreszeiten von einer Sommelière, einer wahren Kennerin mit enormem Fachwissen. Bestellte ein Gast Mineralwasser, begannen die Fragen: »Mit oder ohne Kohlensäure, große oder kleine Flasche, kalt oder Zimmertemperatur, deutsches oder ausländisches Wasser, wenig oder viel Kohlensäure, salzhaltig oder eher neutral?« Am Ende war der gute Gast so verzweifelt, dass er einen Tee bestellte.

Kürbisse von Bäumen schütteln

Und wann soll man Buchweizenkuchen pflanzen?
Über die Gefahren, von der Landlust zu schreiben

9. März 2013

Im »Literarischen Quartett« pflegte Marcel Reich-Ranicki
zu sagen: »Der Autor versteht so viel von Literatur wie ich
von Ackerbau und Viehzucht.« Das war an sich riskant,
denn Tolstoi, der große Erzähler, beschrieb und rühmte in
späteren Jahren sein Leben für Feld und Garten. Und Voltaire ließ seinen Candide als letzte Hoffnung noch einen
Baum im Garten pflanzen.

Die Liebe zu Natur und Garten bricht zurzeit (trotz
Tief »Wolfgang«) mit Übermacht über uns herein. »Land-
lust« ist momentan die wohl erfolgreichste Zeitschrift, und
Schriftsteller preisen Gartenkunst und Landleben. So auch
»ttt«-Moderator Dieter Moor, der seine brandenburgische
Gegend, wo er gräbt, gießt und pflanzt, als »arschlochfreie
Zone« bezeichnet. Ansichtssache.

Mir ist zu dieser Landliebe eingefallen, dass Mark Twain
eine Zeit lang eine landwirtschaftliche Zeitung herausgab.
Der große Humorist hatte von Ackerbau und Viehzucht
im Reich'schen Sinne keine Ahnung. So schrieb er beispielsweise in einem Artikel: »Rüben sollte man niemals
pflücken, weil ihnen das schadet. Es ist viel besser, einen
Knaben auf einen Baum klettern und sie herunterschütteln
zu lassen.« Oder auch: »Augenscheinlich werden wir mit
unserer Getreideernte dieses Jahr im Rückstand bleiben,
der Landmann wird daher wohl daran tun, die Maiskolben
und die Buchweizenkuchen schon im Juli statt im August

zu pflanzen.« Schließlich: »Jetzt beim Eintritt des warmen Wetters beginnt der Gänserich zu laichen.«

Mark Twain schwadronierte auch über diverse Obstsorten: »Der Kürbis ist eine Lieblingsbeere der Eingeborenen von Nordamerika. Bei der Bereitung von Obstkuchen zieht man ihn sogar der Stachelbeere vor. Die ist vorteilhafter als die Himbeere zum Füttern der Kühe, da sie mehr füllt und stopft und ebenso nahrhaft ist.«

Mark Twain wurde von wütenden Lesern leiblich bedroht, das Redaktionsmobiliar zertrümmert, sechs Fensterscheiben wurden eingeschlagen und er rausgeworfen. Deshalb blieben Reich-Ranicki und ich bei unserem Leisten und verrannten uns nicht in die Landwirtschaft.

Kardinäle pfeifen nicht

Weißer Rauch und Glockenschlag, Handy oder SMS –
wie eine Nachricht am schnellsten in die Welt kommt

»Der Schornstein muss rauchen«, sagte man im Nach-
kriegsdeutschland, als das Wirtschaftswunder begann. Der
Schornstein der Sixtinischen Kapelle, ein Rohr mit einem
Dach, raucht nur während der Papstwahl. Den Kardinälen
ist dabei jede andere Verbindung zur Außenwelt abge-
schnitten. Ich bin sicher, dass sie auch ihre Handys abge-
ben müssen oder dass die Mauern Handy-funkdicht sind.

Rauchzeichen sind neben den Buschtrommeln die älteste Form der Nachrichtenübermittlung, zu der den christlichen Kirchen noch die Glocken zur Verfügung stehen.
Sie rufen laut Motto von Schillers »Glocke« die Lebenden,
beklagen die Toten und brechen die Blitze, sind also Feuer-
melder der christlichen Welt.

Der Raucherzeuger der Sixtinischen Kapelle ist ein
Kanonenofen, wie er seit Menschengedenken funktioniert
und im Vatikan seit 1939 seinen Dienst tut. Ich kenne einen
solchen noch aus meiner Kindheit, er hat unten ein Tür-
chen und oben ein Rohr nach außen, man musste Papier
unten über dem Rost zusammenknüllen, darüber Holz-
späne mit dem Messer von einem Holzscheit lösen, kreuz
und quer drüberlegen, dann einen Fidibus machen aus
Papier oder einem noch dünneren Span und das Feuer in
Brand setzen. Auf diese Brenngrundlage waren die Scheite
geschichtet – wie auf dem Scheiterhaufen der Inquisition.
Auch bei den Lokomotiven meiner Kindheit gab es weißen

Wasserdampf und schwarzen Kohlerauch, der durch den Schornstein ins Freie quoll. Mit weißem Rauch (Dampf) konnte der Zug pfeifen, aber das machen die Kardinäle nicht.

Die Verfärbungen des Rauchs aus dem Papstwahl-Ofen wurden folgendermaßen erzeugt: Man stopfte den Ofen mit Stroh und Werg und zündete das an. Dazu hat man im Vatikan ja auch das Ewige Licht. Sollte der Rauch nach gescheitertem Wahlgang schwarz werden, so machte man das Stroh nass und vermischte es mit Pech. Seit 2005 hat hier leider auch die moderne Chemie zugeschlagen. Für schwarzen Rauch nimmt man Kaliumperchlorat, Anthracen und Schwefel (also fast dasselbe Brennmaterial wie der Teufel in der Hölle), für weißen Rauch Kolophonium, Kaliumchlorat und Laktose. Dazu dröhnen die Glocken des Petersdoms. Der Rauch wird auf dem Petersplatz gesehen, also in der Stadt, und wurde früher durch reitende Boten aus der Stadt über den Erdkreis verbreitet. Urbi et orbi.

Eine modernere Nachrichtenübertragung erfolgt per Handy und SMS. Als Karl-Theodor zu Guttenberg seinen Rücktritt bekanntgab, stieg kein schwarzer Rauch aus dem Verteidigungsministerium. Angela Merkel erfuhr es per SMS. Das Bild dazu ist inzwischen historisch. Die Kanzlerin lächelte zufrieden und zeigte das Display ihrer Nachbarin Annette Schavan, die erst grinste und sich dann fernschämte. Das hat auch sie den Kragen gekostet. Weil sie verdrängt hatte, das sie im Glashaus saß. Schadenfreude ist keine christliche Tugend.

Schnee von gestern, heute und morgen

Wenn das Wetter in Hamburg aus dem Rahmen fällt.
Erinnerungen an einen Winter, in dem viele Menschen
merkwürdig gut gelaunt waren

1929 schrieb Kurt Tucholsky einen Sprachführer »Deutsch
für Amerikaner«, also für Touristen in Berlin, der natürlich satirisch gemeint war. Schon bei der Ankunft heißt
es: »Eingang verboten. Ausgang verboten. Durchgang verboten.« Und »Rauchen verboten. Parken verboten. Durch-
fahrt verboten.« Auch sonst hat das kleine Werk ewige
Gültigkeit. Unter »Konversation« wird angeführt: »Meinen
Frau Gräfin nicht auch, dass dies ein rechtes Scheißwetter
sein dürfte?«

1929! Ein Satz von erstaunlicher Aktualität im März 2013.
Höchstens auf die Mischung aus Courtoisie und Drastik,
sozusagen zwischen Stinkefinger und abgespreiztem klei-
nen Finger, zwischen »Scheißwetter« und »Meinen Frau
Gräfin nicht auch«, würde heute zugunsten der Drastik
»Hej, Alter, ich tret dich in die Tonne« verzichtet werden.

Doch nicht davon will ich schreiben, sondern vom ge-
genwärtigen Wetter, das nicht nur ein Tucholsky als »rechtes Scheißwetter« bezeichnen würde. Da ich zu der Generation gehöre, die öfter mit einem Stoßseufzer »Früher …!«
sagt, entweder »Früher war alles besser« oder »Früher war
alles schlechter«, fällt mir dazu ein, wie ich 1968 von Stuttgart nach Hamburg umgezogen bin. »Schnee«, sagten mir
Hamburger Freunde, »Schnee wirst du dort kaum noch zu
Gesicht bekommen. Schnee kannst du dir abschminken!«

Ich fuhr im Februar 1969 von Hamburg in die Skiferien,

nachdem mein Sohn in den Harburger Bergen nur selten mit Skiern Schuss fahren konnte. Und in der französischen Schweiz waren die Alpen von so milder Sonne bestrahlt, dass man sehr hoch hinaufmusste, um überhaupt noch Schnee zu finden. Schnee musste man suchen!

Dann kam ich zurück nach Hamburg, und hier fiel auf einmal der Schnee meterhoch und hörte gar nicht mehr auf zu fallen. Es herrschte ein absolutes Schneechaos, demgegenüber der gegenwärtige Zustand wie ein Säuseln neben einem Orkan wirkt. Von wegen kein Schnee in Hamburg! Der Verkehr erlahmte völlig, Autos blieben im Schnee stecken, die Räder drehten durch, die Batterien gaben ihren Geist auf. Am Morgen mussten die Autofahrer ihr Fahrzeug aus Schneehaufen schippen, die wie die Harburger Berge aussahen.

Weil der Verkehr so chaotisch war und weil alle von der Kälte und den gewaltigen Schneemassen betroffen waren, herrschte eine merkwürdig gutgelaunte und fröhliche Stimmung. Menschen halfen einander, schoben gegenseitig ihre Autos an, kurz: Es herrschte jene Solidarität, bei der man einander lachend und schuftend zur Seite steht. Die gibt es nur in Ausnahmezuständen, nur in Notzeiten. Nichts ging mehr, und daher lief zwischen den Menschen alles besser als sonst. Not macht nicht nur erfinderisch, sie weckt auch Energien, Erfindungskraft und Miteinander. Bei Tucholsky heißt es: »Leihen Sie mir bitte Ihren linken Gummischuh.« Ich wette, damals hätte man ihn bekommen.

Ewiger Frühling für Hitler?

Wie selbst seine gefälschten Tagebücher noch
gespenstisch weiterleben. Ein echtes Tagebuch
dreißig Jahre nach dem »Stern«-Skandal

Ist er wieder da? Fragte ich mich, als ich das Titelblatt (das
diesmal wirklich so etwas wie ein Titelblatt war) der »Zeit«
von dieser Woche am Kiosk vor Augen hatte. Und zwar
nicht nur als Schwarz-Weiß-Silhouette mit markantem
(von Chaplin geklautem) Schnurrbart und akkuratem Sol-
datenscheitel wie auf dem Bestseller von Timur Vermes,
sondern in voller idolatrischer Bewunderung von einem
Maler 1940 sozusagen auf Knien gemalt.

»Hitlers letzter Sieg« heißt die Schlagzeile, und erst
wenn man näher hinschaut, sieht man, dass der »Gröfaz«
(»Größter Feldherr aller Zeiten«), der seine letzten Siege
weit hinter sich hatte und längst vermodert war, das omi-
nöse »Stern«-Heft in der Hand hält, mit dem sich das illu-
strierte Magazin seine einst größte Blamage, seine schwär-
zeste Stunde bereitete: mit Hitlers gefälschten Tagebüchern.

Normalerweise arbeitet so die »Titanic«, deren Chef-
redakteur Leo Fischer unumwunden zugibt: »Hitler sells.«
Das heißt, Hitler verkauft sich nicht nur bei Guido Knopp,
nicht nur im Kino. Und das war damals vor dreißig Jahren,
als der gigantische Tagebuchschwindel aufflog, ähnlich.

Oder doch anders? Die »Zeit« veröffentlichte jetzt als
Dossier die Tagebucheinträge des einen der beiden Chef-
redakteure, die damals über die Hitler-Klinge springen
mussten: Felix Schmidt, der sie bis jetzt unter Verschluss
hielt.

Damals vor dreißig Jahren, als der »Stern« von dem Nazi-Devotionalienhändler Konrad Kujau für viele Millionen die Hitler-Tagebücher kaufte, war es wohl so, dass es nicht nur darum ging, Hitler wie immer gut zu verkaufen, sondern – das machen Felix Schmidts Aufzeichnungen deutlich – es galt auch das Bild Hitlers aufzuhellen: Statt des gescheiterten Kriegsverbrechers sollte wieder ein »bisschen Führer« sein.

Im Krieg wurden alle Verbrechen, die ruchbar wurden, von der Hitler-gläubigen Mehrheit der Bevölkerung mit dem Seufzer »Wenn das der Führer wüsste!« kommentiert. Verbrecher waren für sie nur seine Satrapen und Paladine, also etwa Himmler, Goebbels und Göring. Nach dem Krieg galt aber witzigerweise: »Wenn das der Führer gewusst hätte!«

Eine fromme Vorstellung von dem Massenmörder Hitler. So legen die Kujau-Tagebücher nahe, dass ihr Schreiber Hitler so gut wie nichts mit dem Holocaust zu tun hatte. Und es heißt da allen Ernstes, dass Hitler über das zerschlagene Glas in der »Reichskristallnacht« jammerte: »Was das kostet!« Wie plump die Fälschung war und wie sehr sie in die rechte Schmuddelecke schielte, wird bei Felix Schmidt deutlich. Die Tagebücher malten einen Hitler wie nach einem Wunschkonzert.

Da ich danach mit Helmut Dietl am Plot seines Films »Schtonk« mitarbeitete, weiß ich, mit welch eulenspiegelhafter List und geschäftstüchtiger Tücke Kujau die »Stern«-Leute über den Löffel balbierte.

Hitler sells – forever.

An den Haaren herbeigezogen

Samson, Berlusconi oder Jürgen Klopp –
was der Kopfschmuck über den Mann verrät

Was haben Italiens Ex-Ministerpräsident Silvio Berlusconi und Dortmunds Meistertrainer Jürgen Klopp gemeinsam? Beide haben sich Haare implantieren lassen, und zwar auf dem Kopf. Zwischen den beiden Männern klaffen mehr als dreißig Jahre Altersunterschied, und so sind ihre Motivationen auch sehr verschieden. Berlusconi wollte seiner schwindenden Virilität zumindest Haarpropagandamäßig entgegenwirken. Er ließ sich Haare einpflanzen, um durch Bunga-Bunga-Spiele noch mit dem Gesetz in Konflikt geraten zu können. Man könnte das auch Potenzprotzerei nennen.

Der Trainerberuf ist ähnlich wie der des Regierungschefs ein Showbiz-Geschäft, die nötigen psychologischen Motivationen ergeben sich auch durch die Auftritte am Spielfeldrand. Dort brüllte und gestikulierte Klopp wie ein Löwe unter Drogen, man könnte das Adjektiv »bekloppt« anwenden, wenn dieses wilde Gehabe nicht durchschlagenden Erfolg bewirkt hätte: Klopp schrie und gestikulierte seine Borussen zur deutschen Meisterschaft und zum DFB-Pokal.

Zurzeit hakt es in der Meisterschaft, die ist wie der Pokal gegen Bayern abgehakt, und vielleicht fürchtete Klopp, es könnte an seinem schütter werdenden blonden Haar liegen. Und so bepflanzte er seinen Kopf mit wild sprießendem, dichtem Haarwuchs, und siehe da, dieser Berserkerwuchs übertrug sich auf seine Spieler. Sie liegen in der Champions League nun mit den Bayern gleichauf. Wenn das keine Löwenleistung ist!

Von der Symbolkraft des Haarwuchses berichtet schon die Bibel, im »Buch der Richter«, von Samson, der vor Haarespracht und Löwenkraft kaum laufen konnte. Das führte auch zu selbstzerstörerischen Kraftausbrüchen. So zerriss er mit seinen beiden Händen mal eben so aus Wut und Spaß einen Löwen und erschlug mit einem Eselskinnbacken über tausend Philister.

Aber wie Berlusconi wurde er zum Opfer seiner ungezügelten Liebeslust. Als er sich in die minderjährige Philistertochter Delila verliebte, plauderte er ihr in der Hochzeitsnacht seine Haargeheimnisse aus. Prompt schnitt sie des Nachts dem Liebesberauschten alle Haare ab, und am nächsten Tag waren sein Ruhm und seine Kraft dahin.

Beim biblischen Samson wie beim römischen Berlusconi zeigt sich: Macht ist auch eine Frage des Haarausfalls. Nur Indianerhäuptlinge konnten sich da mit fremden Federn schmücken. Sonst gilt die Relativitätstheorie, die da lautet: Drei Haare in der Suppe sind relativ viel, drei Haare auf dem Kopf relativ wenig. Ob Bayern im Champions-League-Finale auf Dortmund trifft, hängt noch an mehr als nur einem Haar.

Wo Schindler seine Liste schrieb

Ein Besuch in Krakau weckt schreckliche Erinnerungen

20. April 2013

Als ich am vergangenen Donnerstag nach Krakau kam, sah ich bei meinem ersten Gang durch diese wunderschöne Stadt, das historische Herz Polens und mit den schrecklichsten Kriegsverbrechen der Deutschen auf immer verbunden, rote Sightseeing- und Touristenbusse, auf denen auch plakativ Fahrten zu »Schindlers Fabrik« angeboten wurden.

Dorthin, wo Schindler seine Juden vor dem Zugriff der SS gerettet hatte, indem er sie mit kriegswichtiger Produktion beschäftigte.

Meine Schwiegertochter, Bettina Kupfer, hatte die junge Frau gespielt, die sich für Schindler schön macht, um ihren eigentlich arbeitsunfähigen Vater in die Fabrik zu retten. Sie öffnete mir auch die Tür zu einem großen Interview mit dem Regisseur Steven Spielberg, und bei der Gelegenheit besuchte ich auch Billy Wilder, der mir erzählte, dass er, obwohl »alter Filmhase«, von dem Film so bewegt war, dass er vermeinte, seine Großmutter und Mutter (die in Auschwitz umgebracht worden waren) in den KZ-Szenen leibhaftig entdeckt zu haben.

Er gab mir seinen Briefwechsel mit Spielberg, wo er dessen humane Leistung mit dem jiddischen Wort »mensch« in seinem englischen Brief rühmte. Paradox, dass dieses Wort im Zusammenhang mit den schrecklichen, unmenschlichen Verbrechen fiel.

Nach der Frankfurter Premiere von »Schindlers Liste« 1994 saß ich mit Reich-Ranicki, meiner und seiner Frau lange zusammen, und er erzählte zum ersten Mal, bewegt durch den Film, von seinen Erlebnissen im Warschauer Ghetto. »Das musst du aufschreiben«, sagten meine Frau und ich zu ihm. »Das sage ich ihm schon seit Jahren«, sagte seine (inzwischen verstorbene) Frau Tosia.

Fünf Jahre darauf erschien Reich-Ranickis Biographie »Mein Leben« – ein bewegender Welterfolg. Auch dieses Leben ist inzwischen ein (Fernseh-)Film. Auch dies das Zeugnis eines durch unmenschliches Leid geprüften Philanthropen.

Fußball besiegt die Literatur

Lesungen finden bisweilen zum
ganz falschen Termin statt

Lesereisen muss man lange im Voraus planen. Wie Hoch-
zeiten. Als meine Tochter im letzten Jahr ihre Hochzeit für dieses Jahr in Bayern plante, fragte sie mich, ob
das eventuell mit der Meisterschaft der Bayern, mit dem
Pokal- oder dem Champions-League-Sieg der Bayern zu-
sammenfallen könnte. Ich sagte: »Da brauchst du dir keine
Sorgen zu machen. Die Bayern gewinnen nächstes Jahr
nichts.« Man sieht, ich bewerbe mich mit dieser Glosse
weder als Fußballexperte noch als Fußballprophet. Deshalb hatte ich auch kein Problem, als ich im letzten Jahr für
Dienstag, den 23. April, in Schwäbisch Hall eine Lesung für
mein neues Buch »Auf Reisen« einplante. Was sollte mir da
schon passieren?

Auf einmal war meine Woche von zwei Mega-Ereig-
nissen des Fußballs überschattet. Bayern spielte gegen Barcelona in München, und ich sollte in Schwäbisch Hall aus
meinem Buch lesen. Ich hatte bei Lesungen schon mein
Waterloo erlebt, als während eines Champions-League-
Spiels in den neunziger Jahren in Eisenach ganze acht
Zuhörer kamen. Fünf davon waren Journalisten, der Rest
glücklicherweise Frauen. Die Journalisten guckten mich
hasserfüllt an, weil sie meinetwegen auf das Spiel verzichtet hatten. »Wegen dir, du A…loch, müssen wir hier bei
deiner Lesung sitzen«, signalisierten sie mir. Ich hätte ihnen gerne zurücksignalisiert: »Ich würde auch lieber Fuß-

ball sehen, als mir zuzuhören.« Nun war ich in derselben Situation. Und das in Schwäbisch Hall. Ängstlich rief ich am Nachmittag bei der Buchhandlung an, und die sagte, es sei nicht so schlimm. Ein Ehepaar sei gekommen, und die Frau habe eine Karte abbestellen wollen, weil ihr Mann zu Hause bleiben wollte. Darauf hatte die Buchhändlerin gesagt, Bayern wird nur bei Sky übertragen, und so kam der Mann mit zu meiner Lesung.

Am Tag darauf, als Dortmund Real Madrid 4:1 schlagen sollte, war der Ernstfall in Heilbronn. Doch in der Buchhandlung waren zweihundert Zuhörer, die keinen Fußball sehen wollten. Den Lewandowski-Triumph sahen wir in der Schlussphase gemeinsam im Hotel. Ich war mit einem blauen Auge davongekommen. Sollte es ein Endspiel Dortmund gegen Bayern geben, würde ich an diesem Abend jede Lesung und jede Hochzeit einer Tochter absagen. Doch da ist inzwischen vorgesorgt.

Der Durst des Dichters

Wie Bertolt Brecht als Bayer in der DDR am Bier litt. Erinnerungen beim Pils in einer lauen Dresdner Frühlingsnacht

Mitte vergangener Woche war ich in Dresden, und es war der Tag, an dem Deutschland (meteorologisch) zweigeteilt war. Im Westen, also Aachen, klamme 11 Grad, und im Osten fiel mit machtvollen 25 Grad das Frühjahr mit einem Canaletto-blauen Himmel über das Elbflorenz her und verwandelte am Abend in seidig lauer Luft die Stadt in einen einzigen Biergarten.

Ich saß gegenüber der Frauenkirche und ließ den ersten Schluck eines Radeberger Bieres über die Kehle zischen. Es ist das Bier, für das die Semperoper mit ihrem prachtvollen Barock im Fernsehen wirbt. Und es war die Woche, in der die Kanzlerin Merkel angesichts ihres Lieblingsfilms, der »Legende von Paul und Paula«, sich des Pfarrhauses ihrer Eltern im Osten und an die FDJ und ihr Russischlernen erinnerte.

Und mir fiel beim Radeberger ein Brief ein, den Bertolt Brecht am 5. April 1956 geschrieben hatte: »Ich bin Bayer und gewohnt, zum Essen Bier zu trinken. Nun ist das Bier in der Deutschen Demokratischen Republik im Augenblick wirklich nicht mehr gut außer Ihrem RADEBERGER PILSNER (EXPORT) …«

Und so bat er, ihm pro Monat ein Deputat von zwei Kisten Radeberger zukommen zu lassen.

Berlin war damals sowohl Hauptstadt der DDR wie Insel der westlichen Welt und ihrer britischen, französischen und amerikanischen Besatzungsmächte. Brecht und seine Frau Helene Weigel waren aus ihrem Exil in den USA vor McCarthy geflohen und über die Schweiz und unter Erwerb der österreichischen Staatsbürgerschaft nach Ostberlin gekommen, wo sie am Schiffbauerdamm das renommierteste Theater der Welt veranstalteten. Sie, die »Mutter Courage« als Prinzipalin, er als Theatermacher und Stückeschreiber. Es war der Wallfahrtsort der Theaterwelt in West und Ost.

Radeberger gab es in der DDR nicht, es war als Devisenbringer nur für den Export in den kapitalistischen Westen bestimmt. Ob Brecht noch in den Genuss dieses Bieres kam, ist ungewiss. Er starb, wenige Monate später, erst 56-jährig in der Charité.

Ich war bereits 1952 aus der DDR in den Westen geflüchtet. Mit DDR-Abitur samt FDJ-Nachweis und Russischzensur. Per Luftbrücke. Jetzt sitze ich in einer lauen Frühlingsnacht beim Radeberger gegenüber der herrlichen Frauenkirche. Kann man mehr verlangen?

Siegfried Lenz im Gespräch – mit Schriftstellerkollegen, Kritikern und Freunden

Siegfried Lenz war nicht nur ein großer Schriftsteller, sondern auch ein anregender und gleichzeitig unaufgeregter Gesprächspartner, der den Dialog als Einladung begriff, über sich und die Welt nachzudenken. In dieser Zusammenstellung der wichtigsten Gespräche aus fünf Jahrzehnten spricht Siegfried Lenz über sein Leben, sein Schreiben, deutsche Geschichte und politisches Engagement, aber auch über die Phantasie, die Liebe, Autoren und Freunde, das Angeln, Dänemark, seine verlorene Heimat Masuren und Hamburg.

512 Seiten, gebunden. Auch als E-Book

Hoffmann und Campe